Manhattan by
GOLDMANN

Buch

Es war einmal an einem trüben, verregneten Tag in Manchester, irgendwann im Jahre 1860. Eigentlich sollte die kleine Alice ihre Mathematikaufgaben machen, aber im Moment interessiert sie viel mehr, wo die fehlenden zwölf Teile ihres Puzzles geblieben sind. Außerdem wird sie vom Papagei ihrer Großtante abgelenkt, der sie schließlich überredet, seine Käfigtür ein winziges Stück zu öffnen. Als der Vogel davonfliegt, hinein in die riesige Großvateruhr, läuft ihm Alice sofort hinterher. Und als sie der Uhr wieder entsteigt, befindet sich Alice im Manchester des Jahres 1998, einer Welt der Automatenwunder, die dennoch von der Atmosphäre des vergangenen Jahrhunderts durchdrungen ist. Auf der Jagd nach dem Papagei gerät Alice in Rätsel über Rätsel, sucht nach den zwölf Puzzleteilen, führt Dispute mit den merkwürdigsten Kreaturen, wird von einer unsichtbaren Katze namens Quark begleitet und trifft in einem von Kletterrosen überrankten Cottage sogar Mr. Dodgson alias Lewis Carroll. Und bei alledem versucht sie, irgendwie den Weg zurück in ihre eigene Zeit wiederzufinden…

Autor

Jeff Noon, geboren 1958 in Droylsden am Rande von Manchester, arbeitete im Buchhandel, bevor er mit *Gelb* über Nacht zum gefeierten Autor wurde. *Gelb* ist mittlerweile in fünfzehn Sprachen übersetzt und gilt als das *Uhrwerk Orange* der neunziger Jahre; an der Verfilmung wird bereits gearbeitet. Jeff Noon, Musiker, Maler und Bühnenautor, lebt noch immer in der Nähe von Manchester.

Von Jeff Noon bereits bei MANHATTAN erschienen:

Gelb. Roman (54007)
Pollen. Roman (54031)

Jeff Noon

Alice im Automatenland

Roman

Aus dem Englischen
von Ute Thiemann

Manhattan by
GOLDMANN

Die Originalausgabe erschien 1996 unter dem Titel
»Automated Alice«
bei Crown Publishers, Inc., New York

Illustrationen
von Harry Trumbore

Umwelthinweis:
Alle bedruckten Materialien dieses Buches
sind chlorfrei und umweltschonend.

Manhattan Bücher erscheinen im Goldmann Verlag,
einem Unternehmen der Verlagsgruppe Bertelsmann GmbH

Deutsche Erstausgabe 10/99

Umschlaggestaltung: Design Team München
unter Verwendung einer Zeichnung von John Tenniel
Satz: Uhl + Massopust, Aalen
Druck: Graphischer Großbetrieb Pößneck
Verlagsnummer: 54065
Redaktion: Bernd Wiesner
AB · Herstellung: Katharina Storz/Str
Made in Germany
ISBN 3-442-54065-8

1 3 5 7 9 10 8 6 4 2

Auf meine tattrigen Tage suche ich
All meinen Trost in dem verklärten Land
Der glorreichen Vergangenheit;
Als einst wir saßen, ganz galant,
In Godstow an der Themse Ufer,
Mit meiner süßen Alice, so gebannt.
Und dorten, unter einer alten Ulme,
Ließ ich gar manche süße Mär erblühen
Belohnt vom Lächeln dieses holden Kindes
Für eines ält'ren Mannes ehrliches Bemühen.
Doch nun ist sie vermählt mit einem strammen Burschen,
Und seine Küsse lassen ihre Wangen glühen.
Und ich selbst bin meines Schöpfers Hause nah,
Um dort von jenem letzten Kelch zu kosten
Und zu erzählen eine allerletzte Fabel,
Derweil die Zeit läßt meine Glieder rosten;
In diesen letzten Tagen such ich nun
Nach einer will'gen Zukunft ohne Leid;
In der meine geliebte und nun automatisierte Alice
Entrinnen kann den bitt'ren Radieschen der Zeit.
Schneller und schneller tickt schon die Uhr,
Gegen die nichts und niemand ist gefeit.

Hinter dem Uhrwerk

Alice wurde allmählich schläfrig vom Nichtstun. Wie wundersam es doch war, daß einen das *völlige Nichtstun* so ermüden konnte. Sie sackte noch tiefer in ihren Ohrensessel. Alice war zu Besuch bei ihrer Großtante Ermintrude in Didsbury, Manchester; eine beängstigende Stadt im Norden Englands, erfüllt von Regen und Rauch und Lärm und großen Fabriken, die Gott-weiß-was fabrizierten. »Ich frage mich, wie man Gott-weiß-was fabriziert?« dachte Alice. »Vielleicht bekommen sie das Rezept dafür von einem, der erst kürzlich verstorben ist.«

Der Gedanke daran ließ Alice derart erschaudern, daß sie ihre Puppe ganz fest umklammerte! Ihre Großtante war eine sehr strenge alte Dame, und sie hatte Alice die Puppe mit den Worten geschenkt: »Alice, die Puppe sieht genauso aus wie du, wenn du deinen Rappel kriegst.« Alice fand allerdings, daß die Puppe ihr nicht *im geringsten* ähnlich sah, trotz der Tatsache, daß die Großtante ihr eine neue (wenn auch kleinere) Kopie von Alicens Lieblingsträgerkleid genäht hatte; das wunderschöne warme Rote, welches sie gerade trug. Alice nannte die Puppe Celia, ohne einen Grund für diese Namensgebung anführen zu können. Alice tat oft Dinge, ohne zu wissen warum, und das machte ihre Großtante sehr böse. »Alice, meine Liebe«, tadelte sie immer wieder, »kannst du denn nicht einmal etwas mit Sinn und Verstand tun?«

Alice drückte die Celia-Puppe noch fester an ihre Brust und wickelte sie in die Falten ihres Trägerkleids: Sie tat dies wegen der Blitze, die draußen vor dem Fenster zuckten, und wegen des Novemberregens, der gegen die Scheibe prasselte, so daß es wie das Getrappel von tausend Pferdehufen klang. Das Haus ihrer Großtante stand direkt gegenüber eines großen, weitläufigen

Friedhofs, was Alice für einen abscheulichen Ort zum Wohnen hielt.

Aber das Allerschlimmste an Manchester war die Tatsache, daß es – herrje! – *immer* regnete. »O Celia!« sagte Alice seufzend zu ihrer Puppe, »wenn doch nur Großonkel Mortimer hier wäre, um mit uns zu spielen!« Großonkel Mortimer war ein komischer kleiner Mann, der immer eine Überraschung für Alice bereit hatte: Er unterhielt sie mit Scherzen und Zauberkunststücken und den wunderbar langen Worten, die er ihr beibrachte. Großonkel Mortimer war, nach Aussage ihrer Großtante, »ein ganz Großer in der Stadt«, was immer das bedeuten mochte. »Nun«, meinte Alice zu der Puppe, »er mag ja in der Stadt *ganz groß* sein, aber wenn er nach Hause kommt, dann ist er recht klein. Vielleicht hat er zwei Größen, für jede Gelegenheit eine. Wie fabelhaft das sein muß!« Großonkel Mortimer brachte jeden Abend damit zu, seine Pfeife zu rauchen, während er lange Reihen von Zahlen addierte und große Teller voller Radieschen verschlang, die er in seinem Gemüsegarten zog. Alice hatte nie zuvor so viele Zahlen (oder so viele Radieschen) gesehen. Sie war nicht sonderlich gut in Mathematik (oder im Radieschenessen), und die Zahlen eins bis zehn genügten ihr vollauf. Schließlich hatte sie nur zehn Finger. Wofür sollte irgend jemand mehr als zehn Finger brauchen? (Oder, was das betrifft, mehr als ein Radieschen?)

Diese müßigen Gedanken machten Alice nur noch bewußter, wie sehr sie sich langweilte. Großtante Ermintrude hatte drei Töchter (Drillinge, um genau zu sein), doch sie waren allesamt viel älter als Alice (und Alice hatte immer Mühe, sie auseinanderzuhalten), weshalb es überhaupt keinen Spaß machte, mit ihnen zu spielen! Es gab nichts zu *tun* in Manchester. Die einzigen Geräusche, die sie vernahm, waren das Plitsch-Platsch des Regens auf der Fensterscheibe und das *Tick-Tack, Tick-Tack* der Standuhr in der Ecke des Zimmers. Das Dienstmädchen hatte die Uhr erst heute morgen abgestaubt, und die Tür stand noch immer offen.

Alice konnte das Messingpendel hin und her, hin und her schwingen sehen. Es machte sie sehr, sehr schläfrig, doch gleichzeitig auch sehr, sehr unruhig. Just in diesem Moment bemerkte sie eine einzelne weiße Ameise, die quer über den Frühstückstisch auf einen klebrigen Klecks von Ecklethorpes Original Radieschenmarmelade zumarschierte; das Dienstmädchen hatte vergessen, diesen beim Saubermachen zu entfernen. Alice hatte erst heute morgen einen Löffel voll der Radieschenmarmelade (Onkel Mortimers Lieblingskonfitüre) auf einer Scheibe Toast probiert, den Geschmack jedoch abstoßend säuerlich gefunden. Die Ameise lief nunmehr über das Puzzle, das Alice den Vormittag über zusammenzufügen versucht hatte, nur um schließlich (deprimiert) feststellen zu müssen, daß zwölf Teile des segmentierten Bildes vom Londoner Zoo fehlten. »O Mister Ameise«, sagte Alice laut (obgleich es unerklärlich ist, wie sie auf diese Entfernung erkennen konnte, daß es sich um einen Mister handelte), »wie kommt es, daß sie so *viel* zu tun haben, während ich, ein sehr erwachsenes kleines Mädchen, so wenig zu tun habe?«

Die weiße Ameise machte natürlich keinerlei Anstalten zu antworten.

Dafür sprach Whippoorwill zu Alice. »Wer lächelt um zehn vor zwei?« krächzte er, »und runzelt um zwanzig nach sieben die Stirn, und das an jedem Tag, den Gott werden läßt?« Whippoorwill war ein grün-gelb gefiederter Papagei mit einem leuchtend orangefarbenen Schnabel, der in einem Messingkäfig lebte. Er war ein sehr gesprächiger Papagei, und das gefiel Alice – zumindest hatte sie so jemanden, mit dem sie sich unterhalten konnte. Die Schwierigkeit bestand allein darin, daß Whippoorwill immer nur in Rätseln sprach.

»Ich weiß nicht«, erwiderte Alice, dankbar für diese Ablenkung. »Wer lächelt denn um zehn vor zwei und runzelt um zwanzig nach sieben die Stirn, und das an jedem Tag, den Gott werden läßt?«

»Ich verrate dir die Antwort, wenn du meinen Käfig öffnest.«

»Du weißt genau, daß ich mich das nicht traue, Whippoorwill. Großtante wäre sehr böse.«

»Dann wirst du es nie erfahren«, sprächzte der Papagei. (Sprächzen nennt man die Art, wie ein Papagei redet, genau auf halbem Wege zwischen Sprechen und Krächzen.)

»Ach«, dachte sich Alice, »es wird schon nicht schaden, die Käfigtür einen Spalt weit zu öffnen.« Und noch bevor der Gedanke zu Ende gedacht war, hatte Alice sich und die Celia-Puppe aus dem Ohrensessel erhoben und war hinübergegangen zu Whippoorwills Käfig auf dem Alabasterständer. »Du wirst aber auch ganz bestimmt nicht zu entfliehen versuchen, oder?« sagte Alice zu dem Papagei, doch der gab ihr keine Antwort: Er klammerte sich an seine Sitzstange und musterte das kleine Mädchen mit spöttischem Blick. Als Alice diesen spöttischen Blick sah, blieb ihr nichts anderes übrig, als den winzigen Messingriegel zu lösen und die Käfigtür aufschwingen zu lassen.

O weh! Whippoorwill flatterte augenblicklich aus seinem Käfig; seine leuchtenden Federn breiteten sich zu einem bunten Fächer aus, und seine schrille Stimme scholl durchs Zimmer. »Was soll ich jetzt nur tun?« rief Alice. »Meine Großtante wird mir *heftig* die Leviten lesen!« Der Papagei flatterte quer durch das ganze Zimmer, und Alice tat ihr Bestes, ihn bei den Schwanzfedern zu packen, doch es half alles nichts. Schließlich flog er geradewegs in das offene Gehäuse der Standuhr. Alice lief eiligst zur Uhr; sie schlug die Tür zu, so daß der arme Papagei im Innern der Uhr gefangen war. Die Tür hatte eine Scheibe, und Alice konnte dadurch erkennen, wie Whippoorwill aufgeregt flatternd zu entkommen suchte. »Laß dir das eine Lehre sein, Whippoorwill«, verkündete Alice. Sie blickte hinauf zum Ziffernblatt der Uhr und bemerkte, daß es beinahe zehn vor zwei war. Punkt zwei Uhr jeden Tag kam die Großtante, um Alice zu ihrem nachmittäglichen Schreibunterricht zu rufen: Alice durfte zu dieser Verabredung keinesfalls zu spät kommen. (Sie hatte sich nicht gemüßigt gesehen, ihre gestrigen Hausaufgaben über die korrekte Verwendung der Ellipse in Essays zu machen: Um der Wahrheit die Ehre zu geben, Alice wußte nicht einmal, was eine Ellipse war, außer daß sie aus drei kleinen Punkten bestand, genau wie diese ...) Der Not des kleinen Mädchens zum Trotz, schienen die beiden Zeiger ein Lächeln auf das Mondgesicht der Uhr zu zaubern: Und da wußte Alice die Antwort auf Whippoorwills jüngstes Rätsel, doch als sie durch die Glasscheibe in das Gehäuse schaute, konnte sie nichts sehen, außer dem Flügel-Geflatter des Papageien, während er hinauf in das Uhrwerk flog.

Whippoorwill verschwand!

Alice suchte hier und dort nach dem Papagei, doch als sie nur eine einzelne grün-gelbe Feder herabschweben sah, entschied sie, daß sie sich höchstselbst in das Innere der Uhr begeben mußte. Alice öffnete also die Tür und stieg hinein. Es war wirklich sehr eng im Innern der Uhr, besonders wenn das Pendel zu ihr herüberschwang. »Dieses Pendel will mir den Kopf abschlagen«, dachte Alice, und dann schaute sie hinauf in das Uhrwerk, um zu sehen, wohin der Papagei verschwunden war. »Whippoorwill?« rief sie, »wo, in aller Welt, steckst du?« Doch es war keine Spur von ihm zu entdecken! Als das Pendel das nächste Mal an ihr vorbeischwang, stieg sie an Bord und begann, daran hinaufzuklettern, was recht schwierig ist, wenn man eine Porzellanpuppe namens Celia in den Händen hält. Doch schon bald darauf hatte sie das obere Ende des Pendels erreicht, und ihr Kopf stieß gegen das Uhrwerk und das *Tick-Tack, Tick-Tack* schien furchtbar laut! Und dieser unartige Whippoorwill war noch immer nirgendwo zu sehen.

Just in diesem Moment hörte Alice über das Ticken der Uhr die Stentorstimme ihrer Großtante rufen: »Alice! Komm schnell, meine Kleine!« donnerte eine Stimme. »Es ist Zeit für deinen Unterricht, Liebes. Ich hoffe, du hast deine Hausaufgaben fehlerfrei gemacht!«

Radish

»O weh, o weh, o weh!« rief Alice, »was soll ich jetzt nur tun? Großtante kommt zu früh, um mich zum Unterricht zu rufen! Ich muß Whippoorwill unbedingt finden. Er muß hier doch irgendwo sein!« Und so kletterte Alice noch höher am Pendel hinauf, bis, mit einer unvermittelten Ellipse ...

... Alice *verschwand*!

Nun, ich vermag nicht zu sagen, ob *du* jemals verschwunden bist, doch wenn du es schon einmal erlebt hast, dann weißt du ja zweifellos, was für eine erschreckende Erfahrung das sein kann. Das Seltsamste daran war: Alice wußte, daß sie verschwunden war, konnte sich selbst aber immer noch sehen! Stell dir das nur einmal vor; du weißt, daß du verschwunden bist, aber du kannst dich immer noch sehen! Wie kann es dann angehen, daß du von deinem Verschwinden weißt?

Doch Alice war viel zu beschäftigt für derartige Überlegungen: Sie fiel gerade – immer schneller und schneller! – einen engen Tunnel aus Zahlen hinab. Die Zahlen sausten vor ihren Augen vorbei wie Sternschnuppen in der Nacht, und jede Zahl schien größer als die vorherige. Sie begannen bei eintausendachthundertundsechzig (der momentanen Jahreszahl) und stiegen dann rapide, bis Alice nicht länger zu erkennen vermochte, wohin sie die Zählung führte. Um so weit zu zählen, bräuchte man ja eine Million Finger! Weiter vorn konnte sie Whippoorwill durch eine Zahlenkaskade fliegen sehen, bis unvermittelt eine sehr wütende Zweitausend ihre ziffrigen Kiefer um den ach so unartigen Vogel schloß. Alice fiel vorwärts (wenn man denn überhaupt vorwärts fallen kann), bis auch sie von derselben Zahl verschlungen wurde.

Abwärts, abwärts, abwärts. Alice fiel einen endlosen Schacht hinab. »Was sollen wir nur tun, Celia?« fragte sie die Puppe, die sie noch immer in ihrer Hand umklammert hielt; und sie war nicht *sonderlich* überrascht, als die Puppe antwortete: »Wir müssen weiterfallen, Alice, bis wir den Magen der Zahl erreichen.« »Ich wußte ja gar nicht, daß Zahlen Mägen *haben*«, dachte Alice, »Großonkel Mortimer wird höchst erstaunt sein, wenn ich ihm diese Neuigkeit berichte.« In diesem Moment landete Alice unvermittelt, *plumps! plumps! plumps!* auf einem Erdhügel, und der Fall war zu Ende.

Alice tat sich nicht weh: Die Erde war recht weich, und so sprang Alice fast augenblicklich auf. Sie schaute sich um und stellte fest, daß sie sich in einem langen unterirdischen Korridor befand. Die Wände und der Boden und die Decke des Tunnels bestanden aus Erde, und er erstreckte sich in einem weitgeschwungenen Bogen in beide Richtungen, bis Alice ganz schwindelig war von der Frage, wohin sie sich wenden sollte. »O Whippoorwill«, jammerte sie, »wohin bist du nur geflogen?« Und dann hörte sie drei Männer um die Biegung des Korridors herankommen. Alice war davon überzeugt, daß es drei Männer waren, da sie den Donnerhall von sechs Füßen hörte. Doch was um die Ecke kam, war, zu Alicens höchster Überraschung, eine große weiße Ameise! Sie hatte die gleiche Größe wie Alice und trug eine karierte Weste und ein Paar Samthosen. (Obwohl ich vermute, daß man nicht wirklich ein sechsbeiniges *Paar* Hosen haben kann: Es handelt sich um ein Sextett von Hosen – aber das klingt zu sehr nach einer recht merkwürdigen musikalischen Komposition.) Zwischen den Fühlern der Ameise hing eine aufgeschlagene Zeitung, die ihr Gesicht vollkommen verdeckte und hinter der man sie murmeln hören konnte.

»Herrje! Was sagt man dazu? Das ist ja ganz abscheulich! Herrje!« Die Zeitung hieß *Hügelnachrichten*, und wenn Alice einen Blick auf das Datum der Zeitung hätte erhaschen können, dann hätte sie einen großen Schreck bekommen, doch ihre ganze Aufmerksamkeit galt der Schlagzeile, welche lautete: TERMITEN AUF DEM MOND ENTDECKT! Alice war so verdutzt von dieser Nachricht, und die Ameise war so vertieft ins Zeitungslesen, daß sie beide zusammenstießen!

»Wer, in aller Welt, bist du?« schnaubte die Ameise. Sie faltete ihre Zeitung zusammen und schaute recht überrascht drein, Alice dort stehen zu sehen.

»Ich bin Alice«, antwortete Alice höflich.

»Laus? Sagtest du Laus? Du bist eine Laus?« rief die Ameise aufgebracht. »Wir mögen in diesem Hügel keine Läuse!«

»Ich bin keine *Laus*. Mein Name ist Alice.« Sie buchstabierte ihren Namen: »A-L-I-C-E. Und ich bin ein Mädchen.«

»Ein Mädchen? Ach, wirklich? Dann gehe ich wohl recht in der Annahme, daß dieses hier dir gehört?« Mit diesen Worten holte die Ameise ein winziges Holzstück aus ihrer Westentasche. »Ich habe es vor einigen Augenblicken im Tunnel gefunden.«

»Aber ja, das gehört mir«, entgegnete Alice. »Das ist ein fehlendes Stück von meinem Puzzle!«

»Nun, dann nimm es. Aber ich möchte dich bitten, in Zukunft davon Abstand zu nehmen, überall in den Tunneln deine Abfälle liegen zu lassen.«

»Es tut mir sehr leid«, entschuldigte sich Alice und nahm das Puzzleteilchen von der Ameise entgegen. Es zeigte eine einzelne weiße Ameise, die am Stengel einer Blume hinaufkletterte. »Ich werde sie sogleich in den Londoner Zoo einfügen, sobald ich wieder zu Hause bin.« Und sie steckte das Puzzleteilchen in die Tasche ihres Trägerkleids.

»Aber es ist doch nur ein Bild«, bemerkte die Ameise verächtlich, »kein lebendiges Geschöpf.«

»Das macht nichts«, erklärte Alice, »denn sie wird in einem Bild des Londoner Zoos leben. Ist das die Zeitung von heute?«

»Ich hoffe doch inständig, daß es die Zeitung von heute ist! Ich habe gerade drei Krumen dafür bezahlt.«

»Aber da steht, daß auf dem Mond Termiten entdeckt wurden!«

»Und was verwundert dich daran?« schnaubte die Ameise. »Die

Menschen fliegen nun schon seit Jahren zum Mond! Seit Jahren, sage ich dir! Was genau tust du eigentlich in diesem Hügel?«

»Ich suche meinen Papagei.«

»Einen Papagei, sagst du? Du meinst doch nicht zufällig einen grün-gelben Papagei mit einem großen orangefarbenen Schnabel, der einem immerzu Rätsel stellt?«

»Ja, das ist Whippoorwill! Wo ist er hin?«

»Der Papagei ist dorten entlang geflogen«, erklärte die Ameise und zeigte mit einem Fühler den Korridor hinunter.

»Vielen herzlichen Dank, Mister Ameise. Sie waren mir eine große Hilfe.«

»Wie kannst du es wagen, Fräulein!« rief die Ameise und richtete sich auf ihren Hinterbeinen auf, so daß sie Alice den Weg versperrte. »Du bist nicht nur einem, sondern gleich zwei schwerwiegenden Irrtümern erlegen: Erstens, ich bin keine *Ameise*. Ich bin eine Termite.«

»Oh, entschuldigen Sie bitte«, bat Alice. »Aber so groß kann der Unterschied zwischen Ameisen und Termiten doch gewiß nicht sein?«

»Dummes Kind! Nur weil wir beide sechs Beine und zwei Körpersegmente haben, und nur weil wir beide in hoch organisierten Gesellschaften, bestehend aus geflügelten Männchen, flügellosen Weibchen und geflügelten Königinnen, leben, nimmst du einfach an, daß Ameisen und Termiten praktisch identisch seien. Das ist ein gewaltiger Irrtum, meine Kleine. Es gibt tausend Unterschiede zwischen uns!«

»Dann nennen Sie mir bitte einen«, verlangte Alice.

»Einen was soll ich dir nennen?«

»Einen Unterschied zwischen einer Termite und einer Ameise.«

»Ja, nun ... laß mich überlegen ... ich bin sicher, daß es da etwas gab ... es ist irgendwo hier drin ...« Die Termite tippte sich mit einem ihrer Fühler an den Kopf, während sie nachdachte. »Aber natürlich! Wir Termiten sind Vegetarier, während die schrecklichen Ameisen Fleischfresser sind. Um genau zu sein ...« und bei diesen Worten schaute sich die Ameise ängstlich um, während sie Alice zuflüsterte: »Ameisen verspeisen Termiten gern zum Frühstück. Auf Toast! Ich nehme an, daß die Ameisen neidisch sind, weil man *sie* nicht auf dem Mond entdeckt hat. Das ist doch ein hügelhoher Unterschied, würdest du mir da nicht zustimmen?«

Alice *stimmte* zu, doch sie war nicht sicher warum. »Wie ist Ihr Name, Mister Termite?« erkundigte sie sich.

Doch diese letzte (sehr höfliche) Frage erzürnte die Termite nur noch mehr: Ihre Fühler bebten vor Empörung. »Und *das*«, trötete sie, »bringt uns zu deinem zweiten Irrtum, denn wenn du meinen vorherigen Ausführungen mehr Aufmerksamkeit geschenkt hättest, dann hättest du erkannt, daß ich vollkommen flügellos und daher, logischerweise, eine weibliche Termite bin.«

»Na schön«, sagte Alice, der mittlerweile ebenfalls der Geduldsfaden riß, »wie ist Ihr Name, Mrs. Termite?«

»Mrs? Mrs? Sehe ich vielleicht aus wie eine Mrs? Nur die Königin ist eine Mrs! Aber ich habe dir doch bereits erklärt, daß die Königin Flügel hat. Hörst du mir denn überhaupt nicht zu?«

»Ach!« entfuhr es Alice, »*Miss* Termite, Sie sind einfach zu ... zu ... zu logisch für mich!«

»Logisch? Natürlich bin ich logisch. Ich bin eine Computermite.«

»Was, in aller Welt, ist denn eine Computermite?«

»Genau das, wonach es klingt, Dummerchen. Ich bin eine Termite, die computerisiert. Ich berechne die Antworten auf Fragen. Also, wie lautet *deine* Frage?«

»Na schön«, begann Alice und tat ihr möglichstes, ihren Zorn im Zaum zu halten. »Wie ist Ihr Name, Miss Computermite?«

»Name?« wetterte die Termite. »Namen, Namen, Namen! Was weiß ich denn von Namen? Ich bin eine Termite, um des Grabens willen. Termiten haben keine Namen! Als nächstes wirst du noch fragen, ob wir Fahrräder besitzen!«

I

Just in diesem Moment vernahm Alice ein quietschendes Geräusch hinter sich, und als sie sich umdrehte, sah sie doch wahrhaftig eine männliche Termite auf einem Fahrrad um die Ecke kommen! Es handelte sich um ein ganz gewöhnliches Fahrrad, außer daß es zwei Paar Pedalen hatte (ähnlich einem Tandem), in die der Termiter kräftig mit seinen mittleren und hinteren Beinen trat, während er sich mit den Vorderbeinen am Lenker festhielt. (Dies ist einer der seltenen Fälle, in denen zwei plus zwei sechs ergibt.) Alice wußte, daß es sich um eine männliche Termite handelte, weil er Flügel auf dem Rücken hatte, und sie war recht stolz auf sich, daß sie diese logische Schlußfolgerung gezogen hatte, obgleich sich durchaus die Frage aufdrängte, weshalb er nicht durch den Tunnel flog, statt auf einem Fahrrad dahergefahren zu kommen. Die männliche Termite gab ihr jedoch keine Gelegenheit, diese Frage zu stellen, da er offensichtlich in schrecklicher Eile war; er sauste einfach mit Windesschnelle an Alice und der weiblichen Termite vorbei und rief ihnen dabei im Vorbeisausen zu: »Kommt schon, ihr beiden, auf, auf! Die Königin des Hügels hat eine Frage vom Captain Ramshackle erhalten, wir müssen sie sogleich beantworten. Hopp, hopp!« Und mit diesen Worten entschwand sie um die Biegung des Tunnels.

Der radelnde Sausewind ließ Alice doch sehr verblüfft zurück. »Wer, in aller Welt, ist Captain Ramshackle?« fragte sie Miss Computermite, doch die weibliche Termite hastete bereits den Tunnel entlang, dem Fahrrad hinterher. »Komm, komm«, rief die Termite zu ihr zurück, »jetzt ist keine Zeit für Fragen, wir haben eine Frage zu beantworten!« Alice fand diesen Satz vollkommen unlogisch. »O weh, Celia«, sagte sie zu ihrer Puppe, »jetzt werden wir niemals rechtzeitig für unseren Schreibunterricht nach Hause zurückkehren.« Erst als sie den Satz ausgesprochen hatte, erkannte Alice, daß sie Celia nicht mehr in den Händen hielt. »Herrje!« entfuhr es ihr. »Erst verliere ich Whippoorwill, und nun habe ich auch noch Celia verloren. Und nicht nur das, ich habe auch mich selbst verloren! Großtante Ermintrude wird sehr, sehr böse sein.«

Und mit diesen Worten hetzte Alice Miss Computermite hinterher.

Das Kriechen eines Wurms

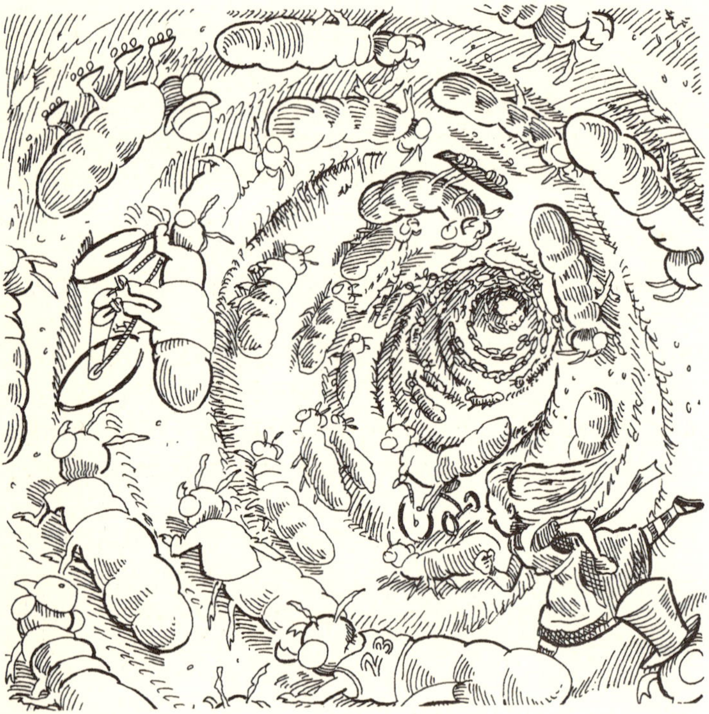
23

Hunderte, ja Tausende anderer Termiten schlossen sich Alice in ihrer Jagd nach Whippoorwill an. Natürlich suchten diese Termiten nicht wirklich den Papagei: Sie suchten alle die Antwort auf die Frage, die dieser Captain Ramshackle der Königin des Hügels gestellt hatte. Schließlich gelang es Alice, Miss Computermite einzuholen, und augenblicklich stellte sie ihr folgende Frage: »Wie lautet die Frage, die Sie zu beantworten suchen?«

»Oh, das ist in der Tat eine sehr heikle Frage«, antwortete Miss Computermite, während sie weiter in halsbrecherischem Tempo den Korridor entlangeilte. »Captain Ramshackle möchte wissen, welche Zahl, wenn man sie mit sich selbst multipliziert, als Ergebnis minus Eins hat. Und auf diese Frage *gibt* eine keine Antwort!«

»Aber das scheint mir keine allzu schwierige Frage zu sein«, erklärte Alice.

»Nun, wie du zweifelsohne weißt«, erwiderte die Termite, »ergibt eins mal eins Eins, und minus eins mal minus eins ergibt ebenfalls Eins, da zwei negative Zahlen immer eine positive Zahl erzeugen.«

»Tun sie das?«

»Aber natürlich.«

»Mich hat man gelehrt, daß aus falsch und falsch niemals etwas Richtiges werden kann.«

»So ist das im wirklichen Leben. In der Computermatik jedoch gilt das genaue Gegenteil.« Und mit diesen Worten legte Miss Computermite noch mehr Tempo vor.

Alice war ganz außer Atem von ihrem Bemühen, Schritt zu halten, da sie nur zwei Beine hatte, während die Termite sechs besaß: Die einzige Möglichkeit, dies zu schaffen, bestand darin (da sechs geteilt durch zwei gleich drei ist), *drei*mal so schnell wie gewöhnlich zu laufen. Schließlich gelang es ihr, gleichauf zu bleiben. »Also«, hechelte Alice im Laufen, »wenn ich zwei Milchflaschen auf dem Tisch stehen hätte, und ich würde eine fortnehmen, und anschließend würde ich die andere fortnehmen, dann bliebe mir eine Milchflasche. Ist es das, was Sie sagen?«

»Aber mitnichten«, entgegnete die Termite im Laufen. »Ich sage, wenn du eine Milchflasche von einem Tisch nehmen würdest, und dann würdest du eine andere Milchflasche von einem Tisch nehmen, und wenn du dann alle Milchflaschen, die auf dem Tisch zurückbleiben, miteinander multiplizieren würdest, dann erhieltest du als Ergebnis wiederum eine Milchflasche.«

»Das ergibt zwar keinen Sinn, aber es klingt nach einer ausgezeichneten Methode, um kostenlos an Milch zu kommen.«

»Ganz genau! Captain Ramshackle hofft darauf, eine kostenlose Flasche Milch zu bekommen, und dafür nimmt er einiges auf seinen Buckel.«

»Er will die Milch mit seinem Buckel trinken?«

»Natürlich nicht«, lachte Miss Computermite. »Du bist wirklich recht dumm für ein *Mädchen.*«

»Und Sie sind wirklich recht groß für eine *Termite*«, konterte Alice.

»*Au contraire*«, erwiderte die Termite (auf Französisch), »du bist wirklich recht *klein* für ein Mädchen.« Und während sie dieser Antwort lauschte, donnerten Millionen, ja Trillionen anderer Termiten an Alice vorbei (einige von ihnen auf Fahrrädern), bis Alice glaubte, daß sie von einer gigantischen Woge hektischer Termitenheit fortgespült würde.

»Wie, in aller Welt, beantworten Sie nur all diese Fragen?« erkundigte sich Alice, noch immer im Laufen.

»Nun«, begann Miss Computermite, ebenfalls noch immer im Laufen, »es basiert alles auf dem bohneren System.«

»Was ist denn das?«

»Nun, eine Bohne ist entweder da oder sie ist nicht da. Stimmst du mir da zu?«

»Da stimme ich voll und ganz zu«, pflichtete die laufende Alice bei.

»Daraus folgt also logischerweise, daß eine Bohne, wenn sie da ist, als eine Bohne zählt, und wenn sie nicht da ist, dann zählt sie als eine kleine Bohne. Und auf dieser Grundlage ist es möglich, wenn die Bohnen in Mustern angeordnet werden, alle erdenklichen Fragen und Antworten zu bilden. Ja, mit einem bloßen Oktett von Bohnen (oder keinen Bohnen) kann man alle Zahlen und Buchstaben des Alphabets bilden. Und so manches Satzzeichen obendrein! Stell dir also eine Trillion Bohnen vor! Und das gleiche Prinzip gilt natürlich auch für Termiten: Eine Termite ist entweder da, oder sie ist nicht da. Und wir Termiten sind sogar besser als Bohnen darin, entweder da oder nicht da zu sein, weil wir Beine haben und uns daher bedeutend schneller fortbewegen können als Bohnen.«

»Was ist mit Springbohnen?« fragte Alice.

»Komm mir nicht mit Springbohnen«, erwiderte die Termite zornig.

»Also stellt dieser Captain Ramshackle der Königin eine Frage, und Sie Termiten beantworten sie alle miteinander.«

»So ist es.«

»Wo lebt Captain Ramshackle?« brüllte Alice. (Sie mußte diese Frage brüllen, weil der Donnerhall von sechsmal einer Trillion Termitenbeinen, alle in vollem Lauf, einen schrecklichen Lärm macht.)

»Captain Ramshackle«, begann die Termite geheimnisvoll, »lebt *außerhalb des Hügels*.« Sie sagte jene letzten drei Worte wirklich sehr geheimnisvoll. Um genau zu sein, sie sagte sie *geheimnisvoll* geheimnisvoll.

Alice war ganz aufgeregt ob dieser Neuigkeit. »Bedeutet das«, rief sie, »daß *ich* auch aus dem Hügel herauskommen kann?« Alice war ganz aufgeregt, denn sie war beinahe sicher, daß Whippoorwill mittlerweile einen Weg aus dem Termitenhügel heraus gefunden hatte.

»Aber genau dorthin sind wir unterwegs«, erwiderte Miss Computermite, »denn dort geben wir Captain Ramshackle die Antworten auf seine Fragen: Wir marschieren aus dem Hügel, damit Captain Ramshackle unsere Formation studieren kann. Durch das Studieren unserer Formation wiederum, durch das Feststellen, welche Termiten da sind und welche nicht da sind, erhält der Captain die Antwort auf seine jüngste Frage.«

»Aber ich dachte, Sie hätten gesagt, daß es auf seine jüngste Frage keine Antwort gäbe?«

»Die gibt es auch nicht, und deshalb bin ich noch hektischer als gewöhnlich. Aber laß mich dir eins sagen...«

»Und was ist das?« brüllte Alice, dankbar dafür, daß Miss Computermite ihr nur *eins* sagen würde: Alice hatte an diesem Nachmittag nämlich bereits zu *vieles* gehört.

»Nun, nur daß du ein *Teil* der Antwort bist, Alice: Warum würdest du sonst so schnell laufen?«

»Und was geschieht, nachdem Sie die Frage des Captains beantwortet haben?«

»Dann marschieren wir natürlich wieder zurück in den Hügel, mit der nächsten Frage.«

Doch Alice hatte nicht die Absicht, wieder zurück in den Hügel zu marschieren: Wenn sie erst einmal draußen war, würde sie draußen bleiben. »Vielleicht komme ich doch noch rechtzeitig für meinen Schreibunterricht nach Hause«, dachte sie. Was sie auf eine Idee brachte. »Miss Computermite«, begann sie, »Sie sind doch sehr gut darin, Fragen zu beantworten, nicht wahr?«

»Das kann man mit Fug und Recht behaupten. Nur zu, meine Kleine.«

»Dann beantworten Sie mir diese Frage: Worin besteht die korrekte Verwendung einer Ellipse?«

»Nein, nein... sag es mir nicht... laß mich nachdenken...«, überlegte die Computermite, »ich weiß es... ich bin sicher, daß ich es weiß... laß mich nur... aber ja... ich hab's!«

»Ja?« drängte Alice aufgeregt.

»Die korrekte Verwendung einer Ellipse...«, verkündete die Computermite großspurig, »besteht in der Entfernung von Blattläusen von einem Rosenbusch.«

»Wie bitte?«

»Eine Ellipse... das ist eine Art Gartenwerkzeug... oder etwa nicht?«

»Ach, Sie sind mir wirklich gar keine Hilfe!« echauffierte sich Alice. »Großtante Ermintrude wird schrecklich böse sein! Sie verlangt immer, daß ich emsiger lerne.«

Bei dieser Bemerkung blieb Miss Computermite plötzlich wie angewurzelt stehen. »Deine Großtante verlangt, daß du *emsiger* wirst?« fragte sie verblüfft.

»Gewiß doch. Sie ist sehr, sehr streng und hält mich beständig an, mich emsiger meinen Hausaufgaben zu widmen.«

»Deine Großtante will dich zu einer *Emse* machen?! Bei meinem Hügel!« quiekte dieTermite voller Angst.

»Was haben Sie denn, Miss Computermite?« erkundigte sich Alice. »Sie sehen ja ganz verängstigt aus.«

»Halt mir bloß deine Großtante Ermintrude vom Leib!« erklärte die Termite, und dann hetzte sie auch schon weiter, noch schneller als zuvor.

»Ich frage mich, was Miss Computermite plötzlich hat?« überlegte Alice. »Habe ich etwas Falsches gesagt?« Und dann setzte sie der Termite eilig nach.

Schließlich gelang es Alice, sie einzuholen, und just in dem Moment, als sie es tat, erspähte sie einen fahlen Lichtschimmer von einem entfernten Loch im Hügel. Die Trillionen, ja Zillionen Termiten hasteten alle auf das Licht zu, und Alice wurde von ihrem Strom mitgerissen: Sie *war* ein Teil der Antwort.

Und dann wand sich Alice urplötzlich wie ein Wurm in einer riesigen Pinzette, während sie gen Himmel hochgehoben wurde. Höher, höher, höher. Wie schwindelig Alice wurde! »Aber, aber!« rief eine weitentfernte Stimme, »was haben wir denn hier? Ich glaube, ich habe einen Worm in meinem Computerhügel!« Die Stimme sprach das *Wurm* mit einem O darin, und Alice konnte das O in dem Wort *Wurm* hören, als es ausgesprochen wurde. »Ganz fabelhaft!« rief die Stimme. Alice konnte nicht sehen, woher die Stimme kam, und es kümmerte sie auch nicht sonderlich, denn just in diesem Moment ließ die Pinzette Alice fallen, so daß sie auf einer Glasplatte landete. Die Glasplatte wurde augenblicklich unter ein weiteres Stück Glas geschoben, welches einem Glasauge sehr ähnlich war. Alice wurde platt gedrückt! »Nun denn«, sagte die Stimme, »dann wollen wir uns einmal anschauen, was uns da ins Netz gegangen ist. Vergrößerung: fünf und zehn und fünfzigfach!«

Alice erkannte, daß sie studiert wurde, recht eingehend sogar, und sie versuchte sich darauf zu besinnen, welches Ding ein Glasauge besaß, das jemandem erlaubte, einen recht unangenehm eingehend zu studieren. »Ich werde durch ein Mikroskop angeschaut!« lautete ihre Antwort. Sie hatte ihren Großonkel Mortimer in seinem Arbeitszimmer ein Mikroskop benutzen sehen: Er gebrauchte es, um seine Zahlen und Radieschen zu studieren.

»Du liebe Güte!« staunte die weitentfernte Stimme. »Wir scheinen es hier mit einem kleinen *Mädchen* zu tun zu haben, einem winzigen *Mädchen*, einem klitzekleinen *Mädchen*. Was macht das Mädchen denn in meinem Computermitenhügel? Was für ein fabelhaftes Zufallsergebnis!«

Alice blickte hinauf in das Glasauge des Mikroskops und sah ein weiteres Auge – ein riesiges Auge – ein fast menschliches Auge –, das auf sie herabblickte. »Ach, wenn ich doch nur durch dieses Mikroskop hinaufklettern könnte«, dachte Alice, »dann könnte ich wieder zu meiner normalen Größe zurückkehren.« Aber schließlich *war* sie an jenem Nachmittag bereits das Pendel einer

Uhr hinaufgeklettert und verschwunden und geschrumpft, daher sollte dies keine allzu schwierige Aufgabe für sie darstellen: Und so erwies es sich auch. Alice fühlte, wie sie durch das Glasauge des Mikroskops aufstieg und dann durch ein anderes Glasauge und dann durch ein weiteres Glasauge und dann schließlich durch ein letztes Glasauge, und dieser steile Aufstieg ließ ihr schier die Sinne schwinden! Um genau zu sein, Alice wurde ohnmächtig!

Das dritte, was Alice nach dem Erwachen bemerkte, war, daß sie auf einem höchst unbequemen Feldbett lag und mit einer Pferdedecke zugedeckt war. Das zweite, was Alice bemerkte, war, daß sie von einem Sammelsurium von Gegenständen und Dingen umgeben war. Und das *erste*, was sie bemerkte, war, daß sich ein alter, recht schmuddeliger Dachs über sie beugte und ihr eine Tasse an die Lippen hielt, um ihr Tee einzuflößen. Alice trank, denn sie fühlte sich geschwächt von ihren Reisen, doch der Tee schmeckte dunkel, und das sagte sie dem alten Dachs. »Ich fürchte, der Tee *ist* dunkel«, pflichtete der Dachs ihr bei, »das liegt allerdings nur daran, daß keine Milch darin ist. Du mußt wissen, daß ich momentan sehr knapp bei Kasse bin. Deshalb habe ich versucht, eine kostenlose Flasche Milch zu erfinden, doch ich fürchte, meine Computermiten waren außerstande, eine Lösung für dieses kleine Problem zu finden: Es hat sie ganz durcheinander gebracht. Aber vielleicht könnte ich deinen Tee mit ein bißchen Fischsaft aufhellen…« Und mit diesen Worten machte sich der Dachs daran, einen lebenden Goldfisch über Alicens Teetasse auszupressen.

Dies ließ Alice augenblicklich aufspringen. »Bitte, tun Sie dem armen Fisch nichts!« rief sie entsetzt.

»Aber es gefällt ihm, dem Tee sein Aroma zu geben«, erwiderte der Dachs und wedelte mit dem Fisch unter Alicens Nase. »Dies ist ein japanischer Tee-Aroma-Fisch.«

Pollen
CONDENSATION OF DETERMINANTS
ATLAS
Rachis
Vane
Quill
Feather

Alice lehnte den Fischsaft höflich ab und fragte dann den Dachs: »Sind Sie zufällig Captain Ramshackle?«

»Zufällig bin ich in der Tat der Captain von Ramshackle höchstpersönlich«, erklärte der Dachs stolz und verbeugte sich. Dabei stob eine Wolke Talkumpuder von seinem dicken, schwarzweiß gestromten Haarschopf auf. »Und wie heißt du?«

»Ich heiße Alice.«

»Du bist ein Mädchen, stimmt's, Alice?«

»Natürlich!«

»Ein *Menschen*mädchen?«

»Und was ist so sonderbar daran?« fragte Alice, der aufgefallen war, daß es sich bei dem Captain um eine Kreuzung aus Mann und Dachs handelte.

»Gar nichts … es ist nur so … nun …«, elaborierte der Dachsmann, »und schließlich … *so viele* gibt es nicht … damit meine ich … wenn ich so unhöflich sein darf … es gibt nicht viele … nun, es ist eben so, daß man dieser Tage nicht mehr viele Menschenmädchen zu Gesicht bekommt.«

»Wieso denn das?« fragte Alice recht bestürzt ob dieser Neuigkeit.

»Ach, dieser Mord!« rief Captain Ramshackle unvermittelt. »Was soll ich jetzt nur tun? Mord, Mord, Mord! Der Puzzlemord!«

»Was haben Sie denn nur?« erkundigte sich Alice doch einigermaßen entsetzt über diesen Ausbruch.

»Es hat einen Spinnenmord gegeben, und die Gesetzesvipern haben versucht, mir die Schuld daran in die Schuhe zu schieben.« Der Dachsmann fuchtelte hilflos mit seinen Pfoten. »Ich hatte kein Alibi, verstehst du?« (Alice verstand nicht wirklich; doch sie vermutete, daß Ali Bi irgendein Verwandter, zum Beispiel ein Cousin, von Ali Baba sein mußte, jenem armen Holzfäller aus dem arabischen Märchen, der die Zauberworte »Sesam öffne dich« entdeckte, welche ihm den Zutritt in die Schatzhöhle erlaubten. Doch wenn dies so war, so konnte Alice sich um nichts in der Welt erklären, weshalb ein Dachs den Verwandten eines arabischen Holzfällers brauchte, um seine Unschuld zu beweisen. Und außerdem, hätte der richtige Name nicht Ali Bibi lauten müssen?) »Ich fürchte, daß die Gesetzesvipern mich bald verhaften werden«, jammerte der Dachsmann. »Ach, welch Unbill! Und das Ganze wegen eines gewissen fehlenden Teils von einem dummen Puzzle.«

Diese Neuigkeit weckte Alicens Neugier, hauptsächlich da sie selbst just an diesem Vormittag erfolglos versucht hatte, ein Puzzle zu vollenden. (Vorausgesetzt natürlich, daß es sich noch immer um denselben Vormittag handelte.) »Was meinen Sie mit Puzzlemord?« fragte sie.

»Darf ich dich in meiner bescheidenen Behausung willkommen heißen, Alice?« erkundigte sich der Dachsmann, ohne sich im geringsten um Alicens Frage zu kümmern. Alice erwiderte den Gruß, nippte an ihrem unerhellten Tee und ließ dann ihren Blick durch das Zimmer schweifen, in dem sie sich befand: Captain Ramshackles bescheidene Behausung zeichnete sich durch außergewöhnliche Unordnung aus. Sie war von Wand zu Wand vollgestopft mit den »zufälligen Fundstücken« des Captains, wie er sie nannte: Schaukelpferde und Blasrohre, Froschschenkel und Rammböcke, Löschpapier und Tigerfedern und bunte Karten von Ländern namens Epiglottis und Urethra, eine siebeneinhalbsaitige Gitarre und ein Kricketball, aus dem die Luft herausgelassen war (Alice hatte keine Ahnung, wie man aus einem Kricketball überhaupt die Luft herauslassen konnte!), ein tränenüberströmter Spiegel und eine Nasenbürste und ein ausgestopfter indischer Hummer und ein Kunterbunt von anderen Dingen, die für Alice weder Hand noch Fuß hatten. (Was besonders auf den luftlosen Kricketball zutraf, da ein luftloser Kricketball natürlich weder Hand noch Fuß hat.) Und Captain Ramshackle war keinen Deut ordentlicher als sein Zimmer: Um genau zu sein, er war in einem noch schlimmeren Zustand. Der alte Dachsmann trug einen Flickenanzug aus vielerlei verschiedenen Stoffen, und sein

Haar war nachtschwarz mit einer silbernen Strähne längs der Stirn.

»Ich sehe, daß du meinen Anzug bewunderst, Alice«, sagte der Dachsmann, während er zu einem Erdhügel hinüberging, der sich auf einem gediegenen Schreibtisch erhob. »Er ist ganz wunderbar chaotisch, nicht wahr? Natürlich hat er mich keinen Penny gekostet, da ich meinen Anzug höchstselbst aus einer Mappe mit Stoffmustern zusammengenäht habe. Als Zufallologe muß man sich eben nach der Decke strecken.«

»Was ist ein Zufallologe?« fragte Alice.

»Das ist natürlich jemand, der Zufallologie studiert, was sonst?« erwiderte Captain Ramshackle.

»Und was ist Zufallologie?«

»Das ist natürlich das, was ein Zufallologe studiert, was sonst?«

Alice hatte das Gefühl, daß ihre Fragen sie nur im Kreis führten, daher entschied sie, keine weiteren zu stellen. Statt dessen ging sie hinüber zu dem Schreibtisch, wo Captain Ramshackle gerade an dem Erdhügel herumfingerte. Alice konnte zahllos zahlreiche Termiten auf der Erde hin und her laufen sehen. »Was ich wissen möchte, ist«, fragte Ramshackle, »was, in aller Welt, hast du, ein kleines *Mädchen*, in meinem Computermitenhügel gemacht?«

»Ich habe versucht herauszukommen«, antwortete Alice.

»Und ich bin sehr froh darüber, daß es dir gelungen ist. Natürlich hat heutzutage jedes Heim einen Computermitenhügel: Sie sind ausgesprochen nützlich bei der Lösung von Problemen. Ich habe diesen erst gestern höchstselbst in einem Radieschenbeet ausgegraben.«

»In einem Radieschenbeet?« hakte Alice nach.

»Was ist denn so seltsam daran? Termiten sind Vegetarier, wie du gewiß weißt?«

»Ich weiß.«

»Mein vorheriger Hügel wurde recht kribbelig, mußt du wissen. Nun, wie dem auch sei, ich habe über die Dachstrommeln gehört, daß eine recht nette Königin ihre Armee zu einem alten Radieschenbeet in Didsbury geführt hätte –«

»In Didsbury!«

»Ja. Kennst du es?«

»Ich war noch vor wenigen Augenblicken dort.«

»Nun, dann mußt du sehr schnell auf den Beinen sein, denn es ist fünf Meilen von hier entfernt.«

»O je«, seufzte eine zutiefst verwirrte Alice.

»Dies ist jedoch nur ein tragbarer Hügel.« Alice gab sich große Mühe, sich einen Dachs vorzustellen, der einen Erdhügel durch die Straßen trug, doch so sehr sie sich auch anstrengte, sie konnte es sich einfach nicht vorstellen. »Es heißt, wenn man nur genügend Computermiten in einen genügend großen Hügel bekommt«, fuhr der Dachsmann fort, »dann erhält man ein Termitengehirn, dessen Phantasie der eines menschlichen Gehirns gleichkommt. Doch meinen Verrechnungen zufolge würde das bedeuten, daß –«

»Meinen Sie nicht Berechnungen?« unterbrach ihn Alice.

»Ich dachte, ich hätte dir bereits erzählt, daß ich Zufallologe bin?« erwiderte der Dachsmann beleidigt. »Und was sollten einem Zufallologen denn Berechnungen nützen? Nein, nein; ein Zufallologe stellt Verrechnungen an, und meinen Verrechnungen zufolge wäre ein Computermitenhügel mit der Phantasie auch nur eines einzigen Menschen so groß wie die ganze Welt! Aber was ich wissen möchte, Alice, ist folgendes: Wie, in aller Welt, bist du in den Hügel hineingeraten?«

»Ich habe mich ganz unvermittelt dort wiedergefunden«, berichtete Alice, der inzwischen ganz schwindelig von den Verrechnungen des Captains war. »Könnten Sie mir wohl bitte sagen, wie spät es ist?«

»Aber natürlich«, erwiderte Ramshackle und krempelte seinen linken Hemdsärmel hoch, so daß an seinem Handgelenk eine winzige Uhr zum Vorschein kam. »Es ist sieben Minuten nach fünf.«

»Ach du liebe Güte. Ich habe meinen nachmittäglichen Schreibunterricht versäumt!«

»Nein, das hast du nicht: Es ist sieben Minuten nach fünf in der Früh.«

»In der Früh?!«

»Ganz genau. Ich stelle meine besten Verrechnungen immer in den frühen Morgenstunden an. Vielleicht ist es dein Frühstücksschreibunterricht, den du versäumt hast? Ich weiß, daß die meisten jungen Geschöpfe dieser Tage das Lesen durch das Studium der Etiketten auf den Marmeladengläsern erlernen.«

»Aber welcher Tag ist heute?« fragte Alice.

Captain Ramshackle krempelte seinen rechten Hemdsärmel hoch, unter dem eine zweite Handgelenkuhr zum Vorschein kam. »Es ist ein Donnerstag«, verkündete er.

»Donnerstag! Es sollte Sonntag sein.«

»Es sollte immer Sonntag sein, aber leider ist es das nur selten.«

»Welchen Monat haben wir?« fragte Alice.

Ramshackle krempelte sein rechtes Hosenbein hoch. An seinem Knöchel prangte eine weitere winzige Uhr. »Es ist ein trister vierundzwanzigster November im kühlen Manchester.«

»Wenigstens das stimmt.«

»Natürlich stimmt das: Dies ist schließlich eine rechtsbeinige Uhr!«

»Und welches Jahr haben wir, bitte?« fragte Alice sehr verwirrt.

Ramshackle zog eine weitere winzige Uhr zu Rate, die um seinen linken Knöchel geschnallt war. »Es ist natürlich das Jahr 2000.«

»2000!« rief Alice aus. »O je, da komme ich aber viel zu spät zu meinem Unterricht. Ich bin 1860 losgegangen, und ich habe noch nicht einmal das Schreibpult erreicht. Was soll ich nur tun?«

»Du sagst, du hättest Didsbury im Jahr 1860 verlassen? Aber das ist ja … das ist ja … ich weiß einfach nicht, wie lang das her ist. Weißt du es?« Alice versuchte, es auszurechnen, aber es gelang ihr nicht. »Egal«, meinte Captain Ramshackle, »ich werde den Hügel fragen, wie lange es her ist.« Und mit diesen Worten griff er seine Pinzette und machte sich daran, eine Anzahl Termiten vom Erdhügel zu zupfen: Er gruppierte sie hier und dort und schickte sie dann zurück in den Hügel. »Die Antwort sollte in wenigen Minuten kommen«, erklärte er. Und dann begann er, etwas zu studieren, das neben dem Computermitenhügel auf seinem Schreibtisch lag.

»Ach, das ist alles sehr verwirrend«, stöhnte Alice und schob sich verstohlen noch näher an den Schreibtisch, um zu sehen, was Captain Ramshackle da trieb.

»Verwirrend? Fabelhaft!« rief der Captain aus, ohne aufzublicken.

»Das ist ganz und gar nicht fabelhaft. Es ist höchst verwirrend.«

»Verwirrend *ist* fabelhaft!«

»Ist das ein Puzzle, mit dem Sie da beschäftigt sind?« erkundigte sich Alice, die endlich gewagt hatte, einen Blick über seine Schulter zu werfen.

»Nein, das ist es nicht«, schnaubte der Captain aufgebracht. »Dies ist ein Puzzlesaurus.«

»Wo liegt denn da der Unterschied?«

»Ein Puzzle ist ein modernes Geschöpf, das letztendlich einen Sinn ergibt, wohingegen es sich bei einem Puzzlesaurus um ein urzeitliches Geschöpf handelt, das letztendlich einen Unsinn ergibt.«

»Keins der Teile scheint mit den anderen zusammenzupassen«, sagte Alice. »Es gibt kein Bild.«

»Ganz genau. Alles zusammen ergibt nichts. Du mußt wissen, ich bin Zufallologe: Ich glaube daran, daß die Welt chaotisch ist. Ich studiere die sonderbaren Verbindungen, die den Lauf der Welt bestimmen. Wußtest du, daß das Flattern eines Wormflügels in Südamerika einen Pferdeunfall in England verursachen kann?«

»Nein, das wußte ich nicht«, gestand Alice. »Um ehrlich zu sein, ich weiß noch nicht einmal, was ein Pferdeunfall *ist*, aber ich *weiß*, daß ein Wurm keine Flügel hat.«

»Ach nein?« entgegnete Ramshackle. »Wie, in aller Welt, fliegt er dann?«

»Ein Wurm fliegt nicht. Ein Wurm kriecht.«

»Tut er das? Ausgezeichnet! Sogar noch besser. Das Kriechen eines Wurms in Südamerika verursacht einen Pferdeunfall in England. O Chaos, Chaos! Gelobtes Chaos! Aber was macht das denn hier?« Ramshackle hatte mit Hilfe seiner Pinzette ein Puzzlestückchen von seinem Schreibtisch hochgehoben. »Dieses kleine Teil scheint perfekt an seinen Platz zu passen!« rief er bestürzt. »Das darf nicht sein! Ganz und gar nicht.« Er schob das Puzzleteil unter sein Mikroskop. »Das ist die Ecke eines Dachskopfes, glaube ich.«

»Das gehört zu *meinem* Puzzle«, sagte Alice.

»Fabelhaft! Und ich befürchtete schon, mein Puzzlesaurus würde allen Ernstes anfangen, einen Sinn zu ergeben.« Alice nahm Ramshackle das störende Teil ab und steckte es in ihre Trägerkleidtasche. »Weißt du, anfangs habe ich *dich* für einen Worm gehalten, Alice«, fuhr der Captain fort, »als ich dich aus dem Hügel marschieren sah.«

»Ich bin kein Wurm«, erwiderte Alice.

»Ich sagte nicht, daß du ein Wurm wärst, Alice. Ich sagte, du wärst ein *Worm*.«

»Warum sprechen Sie das Wort fortwährend mit einem O darin aus.«

»Weil es für Weisheit-obsoletierender-randomisierter-Mechanismus steht. Verstehst du denn nicht, Alice? Die Welt ist völlig willkürlich, und alle Gesetzesvipern, die versuchen, die Regeln zu ergründen, klappern nur mit Strohhalmen.«

Endlich kam Alice dazu, den Captain zu fragen, was eine Gesetzesviper war.

»Diese windigen Schlängler!« schnaubte der Dachsmann. »Gesetzesvipern sind diese abscheulichen Schlangen, die sich den ganzen Tag lang im Rathaus herumwinden und sich all diese kleinkarierten Gesetze wider die Natur ausdenken. Die Natur folgt natürlich ihren eigenen Gesetzen, und das sind die Gesetze der Zufallologie, wie ich höchstselbst herausgefunden habe. Die Gesetzesvipern betrachten mich als einen Unruhestifter, so als ob *ich* Unruhe stiften würde! Nein, nein: Das Universum stiftet Unruhe; ich studiere die Unruhe nur. Und deshalb behaupten sie, daß der ehrenwerte Captain Ramshackle des Puzzlemordes schuldig sei.«

»Hat jemand Puzzles ermordet?«

»Ach, du Dummerchen! Es handelt sich um einen Mord mittels Puzzle. Natürlich nicht mittels eines Puzzlesaurus. Ich meine, was interessieren mich denn Puzzles? Diese vollkommen logischen, in allen Teilen zusammenpassenden Bilder? Nein, nein, Puzzles langweilen mich zu Tränen. O diese tumben Kriecher! Ich werde es denen schon zeigen! Und sie behaupten, daß ich den Spinnenjungen getötet hätte. Ein Spinnenmord? Ich? Wie könnte ich … ich liebe Spinnen!«

Bei diesen Worten schaute Captain Ramshackle hinüber zu einem (beängstigend großen!) ausgestopften Exemplar der Gattung der Archanoiden, das zwischen seinen zufälligen Fundstükken stand. »Nun, die Einzelheiten sind ja auch egal, Alice. Laß mich dir nur versichern, daß ich, der Captain von Ramshackle, völlig außerstande bin, ein derartiges Verbrechen zu begehen. Ach, ich fühle mich so ausgestoßen!«

»Sie fühlen sich *straußg*estoßen?« fragte Alice, die wieder einmal nur mit halbem Ohr zugehört hatte.

»Ganz und gar nicht!« rief Ramshackle. »Es sind die Schlangen, die ihren Kopf in den Sand stecken, nicht ich. Du mußt doch zweifelsohne erkennen, daß ich niemals eine Spinne töten könnte, Alice?«

Alice wollte nicht daran zweifeln, nachdem sie die glühende Empörung des Dachsmannes aus derartiger Nähe mitbekommen hatte, ganz zu schweigen von der erneuten Wolke Talkumpuder, die von seinem Haar aufstieg. (O je, ich habe gerade gesagt, daß ich von der Wolke Talkumpuder schweigen würde, nur um festzustellen, daß ich sie bereits erwähnt habe. Ich muß wohl auf meine alten Tage recht müde werden, Alice. Um ehrlich zu sein, ich glaube, daß ich jetzt zu Bett gehen werde, denn es ist schon recht spät, und ich habe für einen Tag mehr als genug geschrieben. Ich sehe dich dann morgen früh, meine allerliebste Kleine …)

Zzzzzzzzzzzzzzzzzzzzzzzzzzzzzz

(So, jetzt geht's mir schon viel besser. Also, wo war ich stehengeblieben?)

Ach ja; Alice gab sich alle Mühe, Captain Ramshackle zu beschwichtigen, indem sie ihn um eine Erklärung bat, was genau ein Worm (mit einem O darin) sei.

»Die Wissenschaft der Zufallologie«, begann der Captain, sichtlich erleichtert ob des Themenwechels, »besagt, daß ein Worm ein Parasit ist, der sich gern unerlaubt in einem Computermitenhügel einnistet. Wenn es sich der Worm dort erst einmal heimisch gemacht hat, dann setzt er sein ein und alles daran, die Termiten dazu zu bringen, die falschen Antworten zu geben. Für die Gesetzesvipern sind Wörmer natürlich eine Plage des Systems: Sie haben es darauf abgesehen, die Wörmer zu *töten*. Doch ich, Captain Ramshackle, der Erfinder der Zufallologie, würde die Wörmer gern in meinen Hügel *einladen*. Und weißt du was, Alice …?« Und bei diesen Worten schaute sich der Captain nervös nach rechts und links um, dann beugte er sich dicht an Alicens Ohr und flüsterte: »Manche Leute *essen* die Wörmer sogar.«

»Sie essen Würmer!« rief Alice und vergaß dabei ganz die falsche Schreibweise.

»Wörmer, Alice. W … *ö* … r … m … e … r! Manche Leute essen sie.«

»Aber das ist … das ist … das ist ja widerlich! Warum machen sie das denn bloß?!«

»Weil man davon verrückt wird, natürlich.«

»Aber warum sollte irgend jemand absichtlich verrückt werden wollen? Das ist ja ... das ist *verrückt!*«

»Ganz genau, Alice! Wissen durch Unsinn. Das ist meine Devise. Mir sind die falschen Antworten willkommen! Möchtest du ein Lied hören, das ich darüber geschrieben habe? Es trägt den Titel *Hosenmund.*«

»Meinen Sie nicht eher *Hosenbund?*«

»Was, beim Zufall, ist ein Hosenbund?«

»Ist das nicht eine Art Hosensaum –«

»Ein Hosenbaum!« donnerte der Captain: »Einen solchen Baum gibt es nicht!«

»Aber es gibt auch keinen Hosenmund«, wandte Alice ein.

»Genau!« rief der Captain, woraufhin er einen komischen kleinen Tanz vollführte und mit sehr unordentlicher Stimme zu singen begann:

»Mögen schmollende Löffel, mit buntem Trieb,
die Augen verdrehen gesiebt;
Doch ich frag' nur nach dem Prinzip,
daß's keinen Sinn ergibt.
Mögen singende Hemden, sehr beflissen,
durchjäten der Bücher Beet;
Doch ich will nur das eine wissen –
wie sich die Welt verdreht.«

Captain Ramshackle stieß einen aufgetürmten Haufen seiner zufälligen Fundstücke um (von denen eines ein Krocketschläger war, der auf den Panzer des indischen Hummers fiel, welcher daraufhin aufbrach). »Ich hätte gedacht, daß eines Hummers Kruste zäher wäre«, bemerkte Alice. »Dieser Hummer ist in der Tat eine Krustazee!« erwiderte der Dachsmann, bevor er mit seinem Lied fortfuhr:

»Die Welt mitnichten Sinn ergibt,
Hier geht allweil der Unsinn um.
Und wer das immer noch nicht sieht,
ist wirklich ziemlich dumm.
Mögen pfeifende Hunde, unter Linden,
den Mond beäugen keck;
Doch ich kann dabei gar nichts finden,
es ist halt ohne Zweck.
Mögen sägende Fische, mittels Bohnen,
umflittern der Hosen Mund:
Doch ich möcht nur nochmal betonen
Wie's steht auf dem Erdenrund.
Das ist die Lehr' von diesem Lied:
Das Leben ist sinnlos und schnöd.
Und wer das immer noch nicht sieht,
ist wirklich ziemlich blöd.«

Der Captain beendete sein Lied und drehte sich wieder zu dem Computermitenhügel um. »Aha!« rief er. »Da hast du deine Antwort!« Er spähte durch sein Mikroskop. »O je...«

»Was ist?« fragte Alice.

»Meine Kleine«, begann er, »du bist einhundertundvierzig Jahre zu spät für deinen nachmittäglichen Schreibunterricht. Du solltest dringend mit Professor Gladys Chrowdingler reden.«

»Wer ist das?«

»Chrowdingler studiert die Mysterien der Zeit. Chrownotransduktionologie nennt sie es. Chrowdingler ist die einzige, die dir jetzt helfen kann. Begreifst du es denn nicht, Alice? Du bist tatsächlich durch die Zeit gereist!«

»Ich versuche doch nur, meinen verlorenen Papagei zu finden«, wandte Alice ein.

»Ich habe einen grün-gelben Papagei aus dem Mikroskop fliegen sehen, keine zwei-und-eine-Feder Minuten vor dir.«

»Das ist er!« rief Alice. »Das ist Whippoorwill. Wo ist er hingeflogen?«

»Er flog aus dem Fenster dort drüben.« Ramshackle zeigte auf ein Fenster, das sich nach hinten raus öffnete.

»Natürlich, er ist in den Garten geflogen«, frohlockte Alice.

»Dieser Garten ist kein Garten«, erklärte der Dachsmann.

»Es kümmert mich nicht, ob es ein Garten oder kein Garten ist«, sagte Alice patzig. »Ich muß nur den Papagei meiner Großtante finden!« Und mit diesen Worten kletterte sie auf den Fenstersims und sprang dann hinaus in den Garten. Dieser war sehr groß und voll von Hecken und Bäumen, die alle mit Mondstaub gesprenkelt waren. Und dort, ein Stück entfernt auf dem Ast eines Baums, saß Whippoorwill!

»Sei vorsichtig dort draußen, Alice«, rief Ramshackle ihr durch das Fenster nach. »Es hat sich viel verändert seit deinen Tagen.«

Doch Alice schenkte dem Dachs keine Beachtung, nicht die geringste Beachtung, denn sie lief bereits ihrem verlorenen Papagei hinterher.

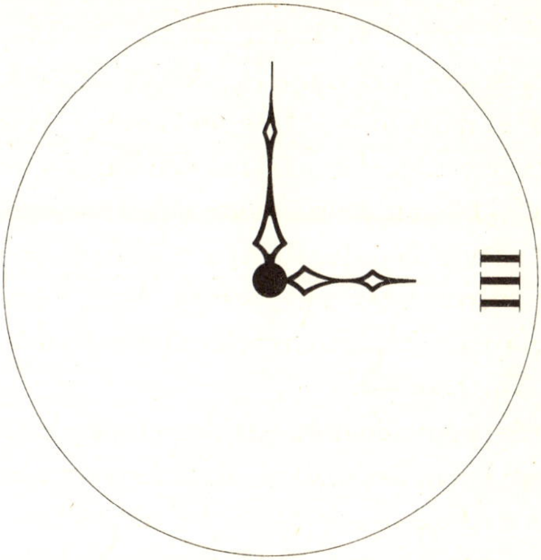

Alicens Schwippschwester

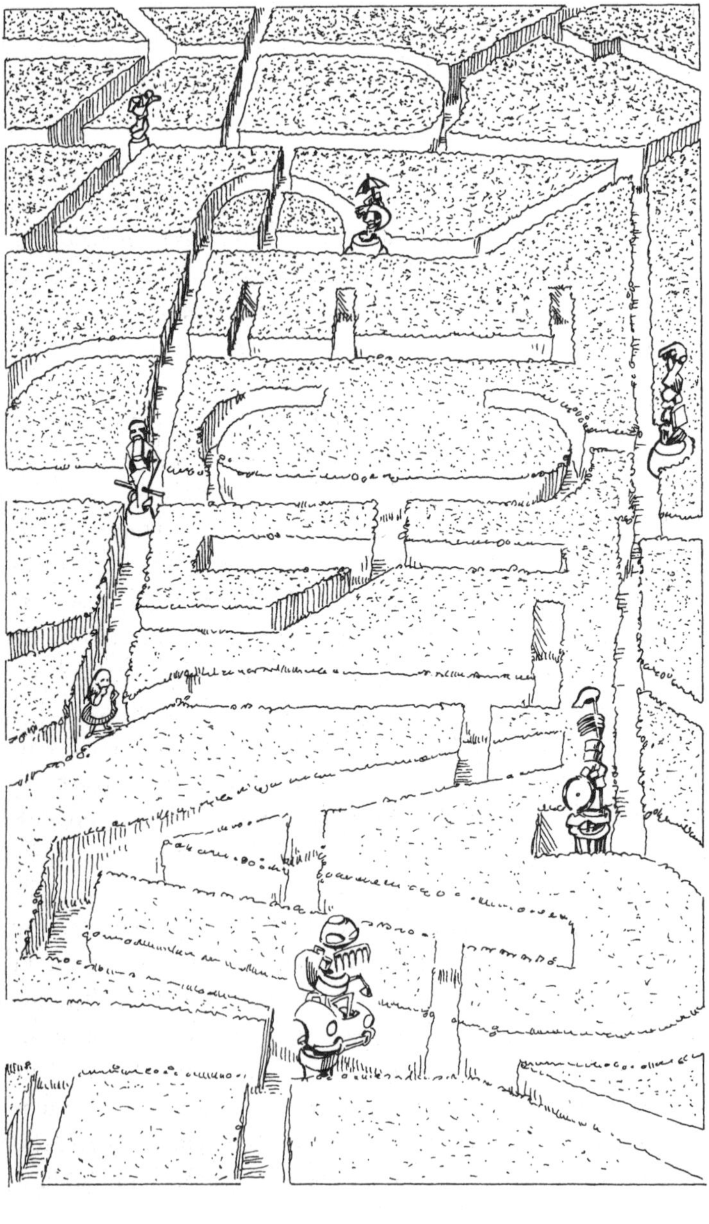

Alice war froh, endlich wieder oberirdisch und draußen zu sein, auch wenn sie ziellos über die verwinkelten Gartenpfade lief. »Dieser Garten ist so kompliziert!« klagte sie. Wieder und wieder rannte sie lange, düstere, von Hecken gesäumte Korridore entlang und um scharfe Kurven herum, nur um dann – am Ende jeder atemlosen Reise – abermals vor einer undurchdringlichen Wand aus Grünpflanzen zu stehen. »Dieser Garten *ist* kein Garten«, wiederholte sie endlos, während sie lief: Captain Ramshackles Satz ging Alice einfach nicht aus dem Kopf. »Und wenn dies in Wirklichkeit gar kein Garten ist«, sagte sie sich, »nun, dann sollte ich überhaupt nicht hier sein! Denn ich bin zweifelsohne ein kleines Mädchen. Ich bin kein *kein* kleines Mädchen.« All diese verschlungenen Gedanken stürzten Alice in tiefe Verwirrung. Sie erinnerte sich an Miss Computermites Erklärung des bohneren Systems. »Ein Garten, ganz so wie eine Bohne«, überlegte Alice, »ist entweder da, oder er ist nicht da. Und dieser Garten ist ganz zweifelsohne da, denn er ist hier! Auch wenn er schrecklich finster und unheimlich ist.« So steckte Alice tapfer ihre Angst weg (in eine kleine rote Tasche in ihrem Kopf, die sie zu diesem Zwecke bereithielt) und lief unbeirrt weiter durch die morgendliche Dunkelheit.

Immer wieder kam sie zu kleinen Lichtungen, auf denen immer irgendeine abscheuliche Statue wartete, ganz still und stumm im gespenstisch fahlen Mondlicht. Die Statuen waren gänzlich anders als die Statuen, die Alice in den wenigen Kunstgalerien gesehen hatte, die sie bislang besucht hatte. Zum einen waren sie nicht aus Stein gemeißelt, sondern bestanden aus einem Sammelsurium von diesem und jenem, das kunterbunt durcheinandergewürfelt und zusammengeklebt worden war; Schuhe und Koffer und Münzen und Brillen und Gardinen und Bücher und Haken und Marmeladengläser und winzige Samthandschuhe und Pferdehufe und tausend andere nutzlos gewordene Dinge. Und darüber hinaus schienen diese Statuen – anders als die Werke in den Kunstgalerien – überhaupt keine wirklichen Menschen darzustellen; sie muteten eher wie *monströse, pervertierte Abbilder* ihrer Vorbilder an, besonders in diesem unheimlichen Licht und mit dem Rascheln sterbenden Laubs überall. »Was für seltsame Porträts ihr im Jahr 2000 habt«, erklärte Alice einer Statue, die ein wenig wie ihre Großtante Ermintrude aussah und noch weit mehr wie eine Nähmaschine, die mit einem Thermometer und einem Stoffwalroß rang. Und dann lief Alice auch schon weiter.

»Ich bin sicher, daß ich nur immerzu im Quadrat und Kreis herumlaufe«, rief Alice schließlich verzagend. »Das Problem ist – ich fürchte, ich habe mich mittlerweile völlig in diesem Garten verloren.« Alice sinnierte einen Moment lang darüber, wie es wohl sein mochte, sich teilweise verloren zu haben, aber sie konnte mit keiner besseren Antwort aufwarten, als daß es so sein müßte, als würde man teilweise gefunden. »Und *das* würde mir ganz und gar nicht gefallen«, flüsterte sie erschaudernd. »Wohin kann Whippoorwill nur in diesem Garten geflogen sein? Noch vor wenigen Minuten habe ich ihn doch deutlich in seinem Baum hocken sehen: Jetzt sehe ich nichts anderes als diese hohen Hecken und all diese Ecken und Wege in der Dunkelheit und all diese merkwürdigen Statuen. Und ich weiß nicht einmal mehr, wie ich zu Captain Ramshackles Haus zurückkomme: Wenn das so weitergeht, werde ich auf immer hier verloren sein! Dieser Garten ist eher ein Labyrinth denn ein Garten.« Und da ging ihr ein Licht auf: »Dieser Garten *ist* ein Labyrinth!« rief sie laut. »Dieser Garten ist ein Labyrinth, kein Garten. Das hat Captain Ramshackle gemeint. Oh, wie dumm von mir! Jetzt muß ich nur noch herausbekommen, welchem dieser verknoteten Pfade ich folgen muß, um den Baum zu finden, auf dem Whippoorwill sitzt.«

Das Problem war allerdings, daß Alice nur zwei Knoten kannte: die Schleife und den Kreuzknoten. Ihr Großonkel Mortimer hatte ihr gerade am Abend zuvor einen doppelten Schafschenkel gezeigt, doch es war ihr viel zu mühsam gewesen, dem Rein und Raus und Drüber und Drunter der beiden Strickenden zu folgen. »Und außerdem«, hatte sich Alice dabei gedacht, »welchen Sinn hat ein Knoten, mit dem man zwei Schafe an ihren Beinen zusammenbinden kann?« (Alice wußte, daß sich der Schenkel irgendwo am Bein befand, obgleich sie nicht ganz sicher war, wo genau.) »Ich werde Whippoorwill niemals finden«, dachte Alice jetzt, während sie einen besonders verschlungenen Heckenpfad entlanglief, »wenn sich dieses verknotete Labyrinth als ein doppelter Schafschenkel entpuppt!«

Doch just in diesem Moment tauchte über dem Rand der nahegelegensten Hecke Whippoorwill höchstpersönlich auf! Er faltete seine Flügel ein, landete und krächzte dann das folgende Rätsel: »Wer klingt genau wie du, Alice?«

»O Whippoorwill!« rief Alice. »Wo bist du nur gewesen? Du weißt doch, daß ich nicht gut im Rätseln bin. Bin *ich* es, die wie ich klingt? Ist das die Antwort?«

»Arme Alice! Falsch, Alice!« krächzte Whippoorwill. »Versuch's nochmal, Dummerchen!«

»Oh, jetzt habe ich die Antwort, Whippoorwill«, sagte Alice, die sich an ein Mißverständnis erinnerte, das sie einst mit einer gewissen Miss Computermite gehabt hatte. »Ich habe wenigstens eins deiner Rätsel gelöst! Die Antwort ist Laus, wobei es sich um eine Art Insekt handelt, glaube ich.« Sie brachte dies recht triumphierend vor, und Whippoorwill starrte sie einen Moment lang durchdringend an (während Alice tatsächlich überzeugt war, auf die richtige Antwort gekommen zu sein), bevor er hämisch mit seinen Flügeln schlug und verkündete: »Falsche Antwort, arme Alice! Falsche Antwort!« *Krächz, krächz, krächz!* »Ein weiterer Hinweis für die arme, falsche Alice: Dieses Geschöpf trägt deinen

Namen, doch falsch buchstabiert. Versuch's nochmal, Dummerchen.«

Dies erzürnte Alice sehr. »Warum hörst du nicht auf der Stelle mit diesem Unsinn auf, Whippoorwill«, erklärte sie mit strenger Stimme, »und fliegst mit mir heim zu Großtante Ermintrude?«

Doch der Papagei schlug nur mit seinen grün-gelben Flügeln und schwang sich von der Hecke. Er verschwand in dem verknoteten Labyrinth des Gartens. Alice gab sich alle Mühe, seinen flatternden Flügeln nachzulaufen, doch die kahlen Äste um sie herum zerrten an ihrem Trägerkleid und das Herbstlaub unter ihren Füßen keckerte wie vertrocknete Stimmen. Hier und dort bemerkte Alice zwischen den Blättern verschiedene Werkzeuge – Hammer, Schraubenzieher, Meißel, sogar einen Zirkel –, die auf den Wegen verstreut lagen. »Jemand ist sehr unordentlich bei seiner Arbeit gewesen«, sagte Alice laut, während sie lief. »Meine Großtante würde mich gewiß streng bestrafen, wenn ich meine Bleistifte und Bücher in einem solchen Durcheinander in ihrem Radieschengarten liegen ließe. Doch das soll mich jetzt nicht kümmern. Ich muß versuchen, Whippoorwill einzufangen.« Und so folgte Alice weiter den gewundenen und verschlungenen Pfaden des Gartenlabyrinths, bis sie sich noch gründlicher darin verloren hatte als zuvor.

»O je«, seufzte Alice und ließ sich gegen die nächstgelegene Hecke plumpsen (wobei sie sich beinahe die Knie an einer achtlos ins Gras geworfenen Laubsäge aufgeschlagen hätte), »ich bin ja so müde. Wenn ich ein kleines Nickerchen machen würde, dann wäre ich vielleicht ausgeruhter für dieses Abenteuer …«

Doch just als Alice einnickte, hörte sie jemanden mit einer recht knarzigen Stimme ihren Namen rufen. »Alice?« rief die knarzige Stimme, »bist du das, die sich da hinter der Hecke versteckt?«

»Es ist tatsächlich Alice«, antwortete Alice schläfrig, »doch ich verstecke mich nicht; ich versuche nur, meinen Papagei zu finden.«

»Da suchst du am völlig falschen Ort«, knarzte die Stimme.

»Und wer bist du?« fragte Alice recht ungehalten.

»Aber, aber, ich bin natürlich du«, erwiderte die Stimme.

»Aber das ist unmöglich«, gab Alice empört zurück, »denn *ich* bin ich.«

»Das läßt nur eine Möglichkeit offen«, verkündete die Stimme. »Ich muß ebenfalls du sein.«

Das Komische war, daß die Stimme aus dem Garten *tatsächlich* wie Alicens Stimme klang, wenn auch recht knarzig, und Alice war zutiefst verwirrt. »Wie kann ich an zwei Orten zur selben Zeit sein?« überlegte sie. »Aber andererseits«, fuhr sie in ihren Überlegungen fort, »ich bin ja auch zu *zwei* Zeiten am selben Ort, 1860 *und* 2000, also ist es vielleicht gar nicht so seltsam.« Und so nahm sich Alice zusammen (so gut es in einem Labyrinth eben geht) und stellte der Stimme diese Frage: »Wo, bei allen Knoten, bist du, knarzige Stimme?«

»Ich bin direkt hinter dir, Alice«, knarzte die Stimme, »im Herzen des Labyrinths, welches direkt hinter jener Hecke liegt, an der du gerade lehnst. Dein Papagei ist hier bei mir.«

»O vielen Dank, daß du ihn eingefangen hast! Aber wie kann ich dich finden?« fragte Alice.

»Aber, aber, ich bin nur wenige Schritte von dir entfernt, gleich hinter dieser Hecke.«

»Aber du weißt nur zu gut, Miss geheimnisvolle Stimme, daß es sich hier um ein Labyrinth handelt: Auf all diesen verknoteten und verschlungenen Pfaden könnte ich Meilen und Abermeilen von dir entfernt sein.«

»Du könntest dir aber auch einen Weg geradewegs hindurch *schneiden*, Alice.«

Das ließ Alice aufmerken: Auf eine solche Idee wäre sie von selbst niemals gekommen. Sie drehte sich um und spähte durch die Zweige, doch diese waren zu dicht miteinander verwoben: Alice konnte nur farbige Flecken durch die Lücken sehen. »Hast du denn kein Federmesser?« fragte die Stimme.

»Natürlich nicht!« entgegnete Alice empört, und dann fügte

sie (nach kurzem Überlegen) hinzu: »Aber ich habe etwas sogar noch Besseres, sogar noch Schärfereres!« (In ihrer Aufregung hatte Alice ganz ihre Grammatik vergessen.)

Eine länger als lange Zeit später (denn die Zweige waren sehr dick und die Laubsäge war mehr stumpf als scharf) hatte Alice sich endlich einen Weg durch die Hecke gebahnt. Es war beinahe schon Morgen, als sie schließlich die letzten Zweige beiseite schob: Und dort fand sie sich zu guter Letzt selbst, mitten im Herz des Labyrinths. Die Statue eines kleinen Mädchens stand auf einem Podest inmitten eines Runds aus Bäumen und Schatten. Sie ähnelte Alice sehr, diese Statue, besonders im fahlen Schein der ersten Morgendämmerung; die Statue trug sogar eine (zugegeben recht steif anmutende) Kopie von Alicens rotem Trägerkleid. Alice war recht bestürzt ob dieser Ähnlichkeit. Eine glatte Sekunde lang wußte sie tatsächlich nicht, welches der Mädchen sie war! Doch auf der linken Schulter der Statue hockte Whippoorwill der Papagei. Und zwischen den ausgestreckten Händen der Statue spannte sich eine lange, sich windende und sehr zornig aussehende purpur-türkis gesprenkelte Schlange!

»O je«, flüsterte Alice, »ich hoffe doch sehr, daß diese Schlange nicht giftig ist!«

»Diese Schlange ist nicht nur giftig«, erwiderte die Statue mit der knarzigen Stimme, die Alice zuvor gehört hatte, »sie ist auch ausgesprochen venenös.«

»Ist venenös denn noch schlimmer als giftig?« fragte Alice (ohne sich auch nur einen Moment lang zu wundern, wie eine Statue sprechen konnte).

»Aber natürlich ist es das: Alles kann giftig, doch nur eine Schlange venenös sein. Venenum ist der Name des giftigen Sekrets, das in den Drüsen der Schlange entsteht. Der Ursprung des Wortes läßt sich bis zur Göttin Venus zurückverfolgen, wodurch die Vermutung nahegelegt wird, daß Schlangengift als Liebestrank verwendet werden kann. Vielleicht war es ein solcher Verwendungszweck, der Königin Kleopatra von Ägypten veranlaßte, diese spezielle Schlange als Werkzeug für ihren Selbstmord zu benutzen. Denn bei der Schlange, die ich hier in meinen Händen halte, handelt es sich um eine Uräusschlange, auch bekannt als *ägyptische Kobra.*«

»Warum wirfst du die Schlange nicht einfach ab?« fragte Alice die Statue.

»Wie könnte ich?« entgegnete die Statue. »Ich kann mich ja nicht einmal bewegen. Schließlich bin ich eine Statue.«

»Aber du kannst sprechen, also mußt du eine ganz besondere Statue sein«, sagte Alice.

»Ich *bin* eine ganz besondere Statue. Mein Name ist Celia.«

»Aber das ist ja der Name meiner Puppe!« entfuhr es Alice (die abermals bis zu diesem Moment vollkommen vergessen hatte, daß ihre Puppe noch immer verschwunden war).

»Ja, das bin ich«, knarzte die Statue Alice, »ich bin deine Puppe.«

»Du bist Celia?«

»Aber du bist viel zu groß, um meine Puppe zu sein«, rief Alice. In der Tat war die Statue genauso groß wie Alice.

»Ich bin deine Schwippschwester«, erklärte die Statue.

»Aber ich habe keine Schwester«, erwiderte Alice.

»Ich sagte nicht Schwester, ich sagte Schwippschwester. Siehst du, Alice, als du mich Celia nanntest, da hast du nichts weiter getan, als die Buchstaben deines eigenen Namens in neuer Schreibweise zusammenzufügen. Ich bin deine Anagramm-Schwester.«

»Du meine Güte!« seufzte Alice, »es war mir gar nicht bewußt, daß ich das getan habe. Wie klug von mir.« Und da fand sie endlich die Lösung für Whippoorwills letztes Rätsel; sie erkannte, daß die Statuenpuppe genau wie sie klang, wenn sie sprach, und ihre Namen waren gleich, nur falsch geschrieben: Celia und Alice.

»Das Problem mit dir ist, Alice«, knarzte Celia, »daß du dein Handeln erst erkennst, wenn es viel, viel zu spät ist. Wohingegen *ich*, deine Schwippschwester, ganz genau weiß, was ich getan habe, sogar noch bevor ich es tue.«

»Wer hat dich in diese Gartenstatue verwandelt, Celia?«

»Pablo der Bildhauer.«

»Und wer ist dieser Pablo?«

»Das erkläre ich dir zu gegebener Zeit. Für den Moment bin ich jedoch völlig hilflos, bis du diese Schlange von meinen Fingern entfernst.«

»Wer hat dir denn die Schlange über die Hände gelegt?« erkundigte sich Alice.

»Die Gesetzesvipern natürlich. Wer sonst? Sie wollen nicht, daß wir Statuen uns frei umherbewegen, weil das alle Gesetze der Wirklichkeit brechen würde.«

»Aber –«

»Alice, es ist keine Zeit für weitere Fragen. Nimm mir doch bitte diese Schlange ab.«

»Wie soll ich denn nur die Schlange fortnehmen, ohne vergiftet zu werden?« wollte Alice wissen. »Nun denn, ich kann mir nur die allergrößte Mühe geben, wenn ich uns je alle rechtzeitig für meinen Schreibunterricht zurück nach Hause bringen will. Was hat Großonkel Mortimer noch über den Umgang mit gefährlichen Tieren gesagt? Schau ihnen in die Augen, das war's: Schau ihnen in die Augen und sprich das Vaterunser.«

Also schaute Alice der Schlange in die Augen: Doch als sie gerade damit beginnen wollte, das Vaterunser aufzusagen, da *zischte* die Schlange sie an! Alice vermeinte sogar, gewisse Worte zwischen dem Gezischel heraushören zu können. Sie klangen ein wenig wie: »Ich muß doch sehr bitten, junge Dame! Ich bin ein Untergehilfe der Gesetzesvipern!« Und die Laute der Schlange waren so furchteinflößend, daß Alice schlagartig *jedes einzelne Wort des Vaterunsers* vergaß.

»Nun hören Sie mal, Mister Schlange«, rief sie (nachdem sie aus irgendeinem Grunde entschieden hatte, daß die Schlange männlich war), »ich finde es ganz und gar nicht hilfreich, daß Sie meine Puppe in Acht und Fang halten.« Doch die Schlange fuhr nur ungerührt fort zu zischeln und sich zu winden und ihre gespaltene Zunge hervorschnellen zu lassen und ihre prächtigen Giftzähne herzuzeigen. Und in diesem Moment (als sie tief in den Schlund der Schlange blickte) entdeckte Alice ein kleines Holzstückchen, das auf dem linken Giftzahn aufgespießt war. »Ich frage mich, ob das ein weiteres meiner fehlenden Puzzleteile ist?« überlegte Alice. »Ich muß es unbedingt wiederbekommen, aber wie kann ich das, wo ich das Vaterunser mit Stumpf und Stiel vergessen habe?« Sie zermarterte sich das Gehirn, um sich auf die Worte zu besinnen, doch das einzige »Gebet«, das sie von Anfang bis Ende aufsagen konnte, war das Schlaflied »Nun schlafe ein, kleiner Bär«. Der Grund, weshalb sie sich so gut an diesen Kinderreim erinnern konnte, war, daß er aus nur vier Zeilen mit insgesamt nur 23 Worten bestand, von denen sich etliche auch noch wiederholten:

»Nun schlafe ein, kleiner Bär.
Schließ die Äuglein, kleiner Bär.
Und wenn du wieder erwachst, kleiner Bär,
Gibt es keine Tränen mehr, kleiner Bär.«

Das war also das »Vaterunser«, das Alice für den Untergehilfen der Gesetzesvipern aufsagte, während sie ihn gleichzeitig mit starrem Blick fixierte. Bloß daß Alice (ganz gegen ihren Willen) beim Aufsagen ein klein wenig die Worte veränderte:

»Nun schlafe ein, Schlingelein.
Schließ die Äugelein, Schlingelein.
Und wenn du schlummerst fein, Schlingelein,
Werd ich keine Träne wein', Schlingelein.«

Alice war traurig darüber, daß sie in ihrer neuen Version des Schlafliedes den Reim von *mehr* und *Bär* verloren hatte, aber zutiefst erfreut darüber, daß sie ihn durch die neuen Reime von *ein* und *Äugelein* und *Schlingelein* und *fein* und *wein'* ersetzt hatte. Sie fand, daß ihre Schöpfung ein bedeutend besseres Gedicht war! Nicht, daß der Untergehilfe den Feinheiten der Reimkunst große Beachtung schenkte; er war viel zu müde, um sich darum zu scheren. Er schlummerte ein, und sein Kopf sackte herunter. Schlangen besitzen natürlich keine Augenlider, doch wenn diese Schlange welche besessen hätte, so wären sie ihr zugefallen. Als Mister Schlange sanft und selig schlief, entfernte Alice (sehr vorsichtig) das Puzzleteil von seinem linken Fangzahn. Es zeigte lediglich ein purpur-türkises Schuppenmuster, doch Alice wußte, daß es perfekt in den Reptilienhaus-Teil ihres Puzzles vom Londoner Zoo passen würde. Sie steckte es in ihre Tasche (zu dem Dachs-Teilchen und dem Termiten-Teilchen), dann wickelte sie (wiederum sehr vorsichtig) Mister Schlange von Celias Fingern. Anschließend trug Alice die Schlange zur nächsten Hecke, wo sie das Tier sanft auf einem Laubbüschel ablegte. Mister Schlange schlang sich zu einem Kreuzknoten und dann einer Schleife und schließlich zu einem doppelten Schlangenschenkel zusammen, und in diesem verschlungenen Zustand begann er laut zu schnarchen.

»Alice, du hast mich aus der Knechtschaft befreit!« Mit diesem knarzigen Jubelruf stieg die Statue steif und mit knackenden Gelenken von ihrem Podest. Celia trat ganz dicht zu Alice und ergriff, dort angekommen, Alicens Hand.

Diese erschauderte ein wenig bei dem Gedanken, eine Porzellanhand zu schütteln, doch Alice schüttelte sie. »Celia«, rief sie aus, »ich bin so froh, daß ich dich und Whippoorwill wiedergefunden habe, aber wie, in aller Garten Namen, bist du nur so groß für eine Puppe geworden?«

»Ich bin keine Puppe mehr«, erwiderte Celia. »Ich bin ein Terboter.«

»Ein Terb-Otter!« rief Alice. »Ein Otter ist doch ein Tier, nicht wahr?«

»Das ist er in der Tat: Er gehört zur Familie der Marderartigen und lebt vornehmlich in Flüssen. Doch ich sagte nicht Terb-Otter, sondern Terboter, und das auch nur mit einem *T.*«

»Oh, ich bin all diese Worte leid, die niemals so geschrieben werden wie sie klingen!«

»Ein Terboter, andererseits, ist ein automatisiertes Geschöpf, das von Termiten angetrieben wird.«

»Von Termiten?«

»So ist es, Alice. Von Termiten. Ich habe lauter Termiten im Kopf. Schau nur her.« Celia beugte sich knackend herunter und drehte an zwei Schrauben, die zu beiden Seiten aus ihren Schläfen ragten. Sie schwenkte ihre Schädeldecke zur Seite. Alice beugte sich vor, um in die Höhlung darunter zu spähen, und entdeckte darin einen lockeren Erdhügel, in dem eine Million Termiten wimmelten und zweifellos Fragen und Antworten und Fragen aneinander weitergaben.

»Dann benutzt du also das bohnere System?« fragte Alice.

»Ich weiß nichts von Bohnen«, antwortete Celia. »Ich denke, ich muß wohl ein Automat sein. Du weißt doch, was ein Automat ist oder etwa nicht, Alice?«

»Ist das ein Spielzeug, das sich bewegt, ohne geschoben oder gezogen zu werden?«

»So ist es, und dazu bin ich geworden. Ich bin eine automatisierte Version von dir, Alice. Das Wort Automation stammt aus dem Altgriechischen; es bedeutet, daß ich *selbst-bewegend* bin; es bedeutet, daß ich selbst-fortschreitend bin. Um genau zu sein, habe ich mich derart fortgeschritten… daß ich nunmehr intelligenter als ein Mensch bin.«

»Aber«, gab Alice zu bedenken, »um dem Denkvermögen auch nur eines einzigen menschlichen Verstandes gleichzukommen, müßte der Termitenhügel so groß wie die Welt selbst sein.« (Alice hatte sich diese Erkenntnis natürlich nur von Captain Ramshackle geborgt, nicht wirklich gestohlen, daher können wir ihr dieses kleine Plagiat doch sicher verzeihen, nicht wahr?)

»Das müßte er in der Tat sein«, pflichtete ihr Celia (hinsichtlich der Hügelgröße) bei, »doch dieser Einwand läßt gänzlich die Genialität von Pablo dem Bildhauer außer acht. Pablo ist es nämlich gelungen, die Termiten auf die Größe von Bleistiften herunterzuzüchten.«

»Aber Bleistifte sind doch viel *länger* als Termiten«, wand Alice ein.

»Nicht, wenn sie von der Spitze her ganz abgenutzt und vom Radiergummi her ganz abgekaut sind. Ein Bleistift trifft sich schließlich in der Mitte, und dann verschwindet er. Ganz genau wie wir, Alice! Vielleicht haben wir uns von beiden Enden her immer mehr aufgelöst, bis wir uns in unserer jeweiligen Mitte trafen, und dann sind wir verschwunden! Ich bin ein Kunstwerk, wußtest du das?« Celia vollführte stolz eine Pirouette, als sie das sagte. »Ich bin terbo-getrieben!«

»Celia, warum läßt du bei dem Wort die Buchstaben t-e-r weg?« fragte Alice.

»Weil die Menschen der Zukunft es so aussprechen«, erwiderte Celia. »Weißt du, daß wir jetzt in der Zukunft sind, Alice? Ich muß dir beim Sturz durch den Tunnel aus Uhrenziffern aus den Fingern geglitten sein. Und daher bin ich früher als du in der Zukunft eingetroffen. Ich bin eine ganze Woche vor dir im Jahr 2000 gelandet. Ich war schon zu meiner jetzigen Größe herangewachsen, doch ich war noch immer eine Puppe. Ich konnte mich nicht bewegen oder auch nur selbständig denken. Pablo der Bildhauer behauptet, er hätte mich hier in diesem Garten gefunden, in einem Rosenbusch.«

»Hat Mister Pablo diesen Labyrinthgarten angelegt?« fragte Alice.

»Natürlich. Pablos Steckenpferd ist es nämlich, Terboter zu erschaffen. Die Gesetzesvipern haben nur Verachtung für dieses Steckenpferd; sie halten es für sehr unwirklich. Doch als er ihnen versprach, daß seine Geschöpfe für immer in einem Labyrinth gefangen wären und von Schlangen bewacht würden, konnte Pablo die Vipern überreden, ihm sein Schaffen zu gestatten. Es war Pablo, der die Computermiten in meinen Schädel gesetzt hat. Alice, meine Liebe, es war so, als würde ich aus einem langen, langen Schlaf der Puppenheit erwachen. Ich wurde lebendig!«

»Celia, ich freue mich sehr, daß du lebendig bist«, erklärte Alice, »aber ich muß dich und Whippoorwill und mich selbst unbedingt rechtzeitig für meinen Schreibunterricht um zwei Uhr zurück zu Großtante Ermintrudes Haus bringen.« Just in diesem Moment brach jenseits des Labyrinthgartens helle Aufregung aus; rote und weiße Lichter blinkten am Himmel über den Hecken, und ein ohrenbetäubender Schrei gellte durch den Morgen, gefolgt von einem Geräusch, das sehr an eine Polizeipfeife erinnerte. »Was passiert denn nun schon wieder?« rief Alice.

»Vielleicht hat es etwas mit dem Puzzlemord zu tun«, erwiderte Celia.

»Du weißt von dem Puzzlemord?« fragte eine überraschte Alice.

»Ich weiß nicht viel über den Fall«, antwortete Celia, »aber ich *weiß*, daß Whippoorwill nicht sonderlich erfreut über die plötzliche Unruhe ist.« Und tatsächlich schlug der Papagei so aufgeregt mit seinen grün-gelben Flügeln, daß ein chaotisches Muster entstand, auf das Captain Ramshackle sehr stolz gewesen wäre. Es war dieses willkürliche Geflatter, welches Alice gewisse Worte des Dachsmannes ins Gedächtnis rief. »Celia«, fragte sie, »du weißt wohl nicht zufällig, wo ein gewisser Professor Gladys Chrowdingler derzeit zu finden ist?«

»Ich fürchte nein. Was ist denn ihr Fachgebiet?«

»Die Mysterien der Zeit.«

»Das klingt nach einer nützlichen Beschäftigung. Wir müssen uns alle Mühe geben, diesen Professor zu finden.«

»Wie steht's mit einer Ellipse? Weißt du, was das ist?«

»Eine Ellipse? Ist das nicht die Schwester von Eklipse?«

»Celia, ich habe den Eindruck, daß deine Computermiten Urlaub machen. Ach, wenn ich doch nur Captain Ramshackle gefragt hätte, wo Professor Chrowdingler lebt! Aber ich war in solcher Eile, Whippoorwill zu finden. Wenigstens ist mir das gelungen!« Mit diesen Worten streckte Alice die Hände aus, um Whippoorwill von Celias Schulter zu heben. Doch der Papagei war zu flink für sie: Mit einem flirrenden Flattern von Federn flog er von Celias Schulter, gerade als Alicens Finger ihn packen wollten. Er sauste über die Hecken auf die blinkenden Lichter zu.

»Ach du meine Güte!« rief Alice. »Whippoorwill ist wieder entkommen! Wie sollen wir ihn nur diesmal finden? Dieser Garten ist wirklich zu verschlungen und verknotet.«

»Ich denke, ich weiß vielleicht einen Weg«, sagte Celia und ergriff Alicens Hand. »Komm mit.«

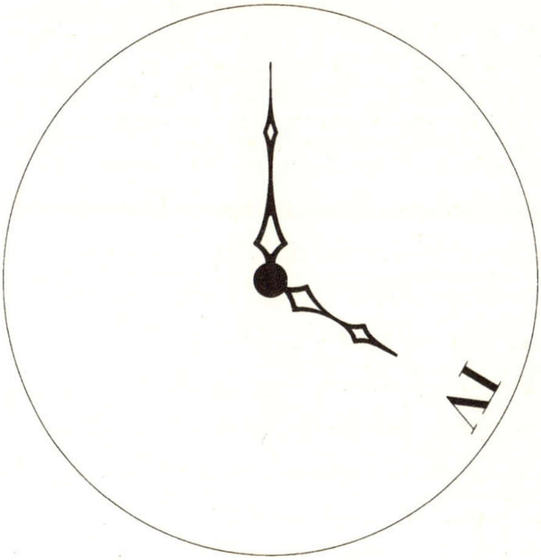

Abenteuer in einem Gartenschuppen

Die Automatisierte Alice führte die reale Alice zu einem kleinen Gartenschuppen, der in einer runden Ecke vom innersten Zirkel des Labyrinths hockte. (Ich sage »hockte«, weil es tatsächlich so aussah, als würde er auf dem Rasen *hocken*, und noch dazu recht kippelig!) Über der geschlossenen Tür stand auf einem handgeschriebenen Schild: Ogdens umgekehrte Schlachterei. Der Gartenschuppen neigte sich gefährlich zu einer Seite, und es fehlten viele Bretter und noch mehr standen kurz davor abzufallen. Aus dem Innern scholl ein furchtbares Hämmern! und ein Scheppern! und dann ein furchtbares Gebrüll! und dann ein furchtbarer fluchender Schrei! und dann noch mehr Hämmern! und Scheppern! und, in der Tat, Gebrüll! Für Alice sah es so aus, als wäre der Schuppen aus großer Höhe herabgestürzt: Sie war auch überzeugt, daß der Schuppen noch nicht dort gestanden hatte, als sie in das Herz des Labyrinths getreten war, doch wie konnte ein Wald-und-Wiesen-Gartenschuppen einfach so aus dem Nichts auftauchen?

Celia klopfte laut an der Schuppentür: »Pablo, Pablo!« knarzte die Puppe, »laß mich bitte herein. Hör auf, einen so furchtbaren Krach zu machen!«

Und der Lärm legte sich einen kurzen Moment lang, während eine schroffe Stimme aus dem Innern raunzte: »Aber es gefällt mir, einen furchtbaren Krach zu machen! Das ist mein Beruf! Das ist meine *Kunst*!« Die Schuppentür flog mit solcher Wucht auf, daß sie fast aus ihren Angeln gerissen wurde, und im Eingang stand ein ausgesprochen übergroßer Mann. Er war der erste vollkommen *normale* Mann, den Alice an diesem Vormittag zu Gesicht bekam, obgleich er sehr, sehr groß war und eine blutbefleckte Schlachterschürze trug. Er hielt einen furchtbaren Schläger in seinen Händen.

(Ich muß an dieser Stelle anfügen, daß es sich bei dem furchtbaren Schläger um einen Tennisschläger handelte und er war *furchtbar*, weil der Mann ihn ganz offensichtlich just an diesem Morgen aus Stücken und Enden zusammengebastelt hatte: Stücken von alten Anrichten und Griffelkästen und verschiedenen Enden von Schnur und Draht und Schnürsenkeln. Das Ganze sah höchst ungeeignet für das höchstkultivierte Tennisspiel aus.)

»Celia! Mein kleiner Terboter!« rief der Mann. »Wie, bei allen Labyrinthen, bist du von deinem schlangenbewachten Podest heruntergekommen?«

»Pablo, ich möchte dir Alice vorstellen«, erwiderte Celia schlicht. »Sie hat mich von der Schlange befreit.«

»Aber das ist unmöglich!« sagte Pablo.

»Guten Morgen, Mister Ogden«, grüßte Alice artig.

»Ein Mädchen! Endlich!« schluchzte Pablo Ogden. »Ein anderes menschliches Wesen! Es ist so lange her ... so unendlich, unendlich lange ... du kommst besser herein. Schnell, schnell! ... bevor die Schlangen angekrochen kommen!«

Sobald Alice und ihre automatisierte Schwester im Innern des Schuppens waren, zog Pablo die Tür mit solcher Wucht hinter ihnen zu, daß der ganze Bau erbebte. Alice war überzeugt, daß der Schuppen um sie herum zu Splittern und Staub zerfallen würde, doch irgendwie hielt er zusammen. Im Innern war es sehr beengt, besonders mit dem riesenhaften Pablo, der halb über seine ausladende Werkbank gebeugt stand, und mit all den Werkzeugen, die hier aufbewahrt wurden, und natürlich auch deshalb, weil ein großes Ruderrad und ein Kompaß auf dem Fußboden befestigt waren. Und dann war da noch Pablos jüngste Terboter-Schöpfung, die ganz allein für sich schon über zwei Drittel des Platzes einnahm. »Er ist atemberaubend, nicht wahr?!« fragte Pablo, als er Alicens verwunderten Blick bemerkte. »Mein erhabenstes Werk. Sein Name ist James Marshall Hühnerklein. Auch kurz Jimi genannt. Nur zu, meine Kleine ... wie gefällt er dir?«

Die klobige Skulptur sah aus wie ein Müllhaufen, der vage in der Form eines Mannes zusammengestümpert worden war. Seine Beine waren aus spindeldürren Regenrinnen gefertigt; sein Rumpf war ein Waschbrett mit Mangel (alles bekleidet mit einer zerlesenen Jacke, gewebt aus weggeworfenen Buchumschlägen); seine Arme waren die geborgten Beine eines längst verspeisten Hähnchens, zusammengehalten von Messingdraht und mit einem fein gearbeiteten Paar von Marionettenhänden am Ende; sein Kopf war (beunruhigend) menschengleich, ein Puppengesicht mit geschwärzter Haut, gekrönt von einem langen, zottigen Haarschopf, hergestellt aus den zerfransten Beinen eines Paars ebenholzschwarzer Kordhosen. Mit anderen Worten: ein ausgemachter Müllhaufen.

»Warum heißt er denn Mister Hühnerklein?« erkundigte sich Alice, um ihre Meinungsäußerung hinauszuzögern.

»Du weißt doch sicher, was Hühnerklein ist, oder, Alice?«

»Natürlich weiß ich das«, erwiderte Alice recht verlegen. »Hühnerklein ist das … es ist das … nun, Hühnerklein ist das Innere eines … das Innere eines …«

Alice konnte es nicht über sich bringen, die Worte auszusprechen, und so war sie doch sehr erleichtert, als Pablo seine eigene Frage beantwortete: »Ganz genau, Alice! Hühnerklein …« und an dieser Stelle klappte Pablo mit großer Geste den Bauch der Skulptur auf, »sind die Innereien eines Huhns!«

»Igitt!« quiekte Alice, »wie abscheulich!« Denn im Bauch der Skulptur lag ein verschlungener Klumpen aus Blut und Fleisch.

»Davon ernährt sich ein Terboter«, enthüllte Pablo. »Doch nun sprich, Mädchen, wie *gefällt* dir mein jüngstes Meisterwerk? Aber ich will deine ehrliche Meinung hören.«

»Ein Kind von sechsundfünfeinviertel Jahren hätte diese Skulptur machen können!«

»O vielen Dank, kleine Alice!« rief Pablo. »Ein Kind hätte sie machen können! Aber das ist ja genau die Wirkung, auf die ich gehofft hatte. Nur im Alter von sechsundfünfeinviertel Jahren sind wir wahrlich eins mit unserer Phantasie! Der Künstler muß in der Zeit zurückreisen, um abermals zu einem träumenden Kind zu werden.«

»Mister Ogden«, sagte Alice, »ganz genau das möchte ich auch. Ich möchte in der Zeit zurückreisen. Finden Sie doch bitte für Celia und mich einen Weg aus diesem Garten.«

»Du fragst nach einem Weg, wie Celia den Garten verlassen kann?« murmelte Pablo. »Aber das ist erstaunlich unmöglich! Ein Terboter soll den Labyrinthgarten verlassen? Ja in der Tat, die Schlangen würden euch beide erwürgen! Das ist das festgeschriebene Gesetz. Nein, nein und nochmals nein! Terboter sind an den Garten gebunden. Selbst meine jüngste und überragendste Schöpfung, James Marshall Hühnerklein höchstpersönlich, ja selbst er ist zur Regungslosigkeit verdammt, wenn die Vipern ihn erst einmal in ihren Schlingen haben. Es gibt für einen Terboter keinen Weg aus dem Garten. Das ist die simple leblose Wahrheit.«

»Pablo, was hast du eigentlich mit diesem furchtbaren Tennisschläger vor?« fragte Celia.

»Es mag ja wie ein furchtbarer Tennisschläger aussehen«, erwiderte Pablo, »doch in Wirklichkeit ist es eine Gitarre. Obgleich sie durchaus einen *furchtbaren* Krach macht.«

»Wie das?« wollte Celia wissen.

»Schau nur genau her«, antwortete Pablo und legte den Tennisschläger in die ausgestreckten Hände von James Marshall Hühnerklein, dann klappte er den Schädel der Skulptur auf. »Jetzt fehlt Jimi nur noch ein wenig Hirnschmalz.« Pablo zog eine Schublade in seiner Werkbank auf und langte mit einer Gartenschaufel hinein, um einen großen Klumpen schwarzer Erde herauszuheben. »Ah! Meine kleinen Lieblinge!« säuselte Pablo, während er die Erde in die Höhlung des Terboterschädels schaufelte.

»Sind da Computermiten in der Erde?« fragte Alice.

»Pablillionen von ihnen! Die winzigsten Computermiten auf

der ganzen Welt! Meine eigene Erfindung. Paß gut auf...!« Pablo klappte den Schädel mit einem lauten, satten Schmatzen zu, dann betätigte er einen Schalter am Hals des Terboters.

Nichts geschah.

James Marshall Hühnerklein rührte sich nicht.

»Die Miten brauchen einen Moment zum Aufwärmen«, entschuldigte sich Pablo seufzend. »Vielleicht ist bei ihm ein Worm drin. O je.«

»Pablo, wir müssen wirklich ganz dringend aus diesem Garten heraus«, sagte Celia während einer weiteren peinlichen Pause. »Alice möchte von ganzem Herzen wieder nach Hause.« Pablo stubste die Ellenbogen von James Marshall Hühnerklein an, ohne Celias Drängen Beachtung zu schenken.

»Alice und ich sind aus der Vergangenheit hergekommen, und wenn wir nicht bald wieder nach Hause zurückkehren, dann könnte es zu spät sein...«

»Zu spät?« murmelte Pablo, »zu spät für die Vergangenheit?« Er wandte sich einen Moment lang von seiner geliebten Skulptur ab. »Wie kann man denn für die Vergangenheit zu spät kommen?«

»Alice ist ein *Mädchen*«, entgegnete Celia. »Wann hast du zum letzten Mal ein Mädchen gesehen?«

Pablo blickte lange und tief in Alicens Augen und antwortete dann: »Das ist Jahre und Aberjahre her. Jahre und Aberjahre! Nicht mehr seit den Jahren vor der Neumonie.«

»Aber wie kann denn Pneumonie einen solchen Mangel an Mädchen bewirken?« fragte Alice.

»*Neu*monie!« schrie Pablo Alice an. »Nicht *Pneu*monie! Du dummes Ding! Da ist kein P in Neumonie.«

»Aber das P in Pneumonie ist nur gehaucht«, erklärte Alice (sehr bemüht, die Geduld zu wahren).

»Kannst du denn nicht die Ohren aufsperren, Alice? Neumonie ist eine schreckliche Krankheit, die es Tieren und Menschen erlaubt, sich in *neuen* Kombinationen zu kreuzen.«

»So wie Captain Ramshackle?« hakte Alice nach. »Ganz genau wie der Dachsmann. Du bist eine der Letzten deiner Art, Mädchen! So rein, so vollkommen rein. Laß dir das nur nie nehmen. Vorausgesetzt natürlich, daß du *tatsächlich* ein echtes Mädchen bist?«

»Was erlauben Sie sich?!« ereiferte sich Alice. »Ich bin *echt*, das versichere ich Ihnen. Da könnte ich Sie ja ebensogut fragen, ob Sie ein *echter* Schlachter sind, so wie es draußen auf Ihrem Schild steht! Denn ich hege den Verdacht, daß Sie in Wirklichkeit gar kein Schlachter sind.«

»Früher einmal war ich ein echter Schlachter«, erklärte Pablo, »in meiner Jugend, doch irgendwann wurde ich es leid, Lebewesen zu zerstückeln, und so wurde ich statt dessen ein umgekehrter Schlachter.«

»Und was ist das?« erkundigte sich Alice.

»Kommst du denn nicht von selbst darauf, meine Kleine?« fragte Pablo, während er sich daran machte, James Marshall Hühnerkleins Bauchluke zu schließen. »Ein umgekehrter Schlachter ist ein Künstler des Fleisches, der Geschöpfe aus ihren abgeschlachteten Einzelteilen wieder zusammensetzt.«

»Einen Moment noch, Mister Ogden!« rief Alice (die ein gewisses winziges Etwas im Gekröse der Skulptur bemerkt hatte), »bitte schließen Sie Jimis Bauch noch nicht! Ich glaube, *das* da gehört mir!« Sie griff in das weiche, feuchte, warme Gekröse (erschaudernd ob der Schmatzigkeit!) und zog ein kleines gezacktes Holzstück heraus, das direkt oberhalb der Leber und der Nieren steckte. »Das ist ein Teil meines Puzzle-Zoos«, bekräftigte Alice, als sie das Holzstückchen ans Licht holte. Es zeigte Augen und den Schnabel eines Huhns (obgleich Alice sich nicht zu erklären vermochte, weshalb der Londoner Zoo gemeines heimisches Federvieh zur Schau stellte). Sie steckte das vierte fedrige Teil zu den anderen drei Puzzlesteinchen in ihre Trägerkleidtasche.

»Vielleicht tat Jimi Hühnerklein sich deshalb so schwer, zum

Leben zu erwachen«, dozierte Pablo. »Er hatte einen Splitter in seinem Bauch. Der lag ihm natürlich schwer im Magen.« Und tatsächlich zeigte die Skulptur just in diesem Moment die ersten schwachen Regungen von Leben: Seine spindeldürren Gliedmaßen begannen einen zuckenden Tanz. »Alice, mein liebes Mädchen!« jubelte Pablo. »Du hast meine Schöpfung kuriert! Wie kann ich dir nur dafür danken?«

»Bringen Sie mich nach Hause«, erwiderte Alice augenblicklich, »bringen Sie mich zurück in die Vergangenheit.«

»Auf in die Vergangenheit!« rief Pablo Ogden und hantierte an einigen komplizierten Hebeln, die aus dem Boden des Schuppens sprossen. Mit dem Betätigen dieser Hebel begann eine einschüchternde Anzahl von Eisenkabeln, sich über eine Reihe von Flaschenzügen zu bewegen, die an der Decke des Schuppens angebracht waren: Von den Flaschenzügen verliefen die Kabel in eine Anzahl von Löchern. Diese waren in den Boden des Schuppens geschnitten worden. »Haltet euch fest, meine Freunde!« rief Pablo über den resultierenden scheppernden Lärm hinweg.

Und dann begann der Gartenschuppen sich zu bewegen!

Der Gartenschuppen schwankte gefährlich, und Alice wurde zu Boden geschleudert, während sich die hölzerne Welt ihres gegenwärtigen Lebens in die Lüfte erhob. Celia und James Marshall Hühnerklein wurden beide zur Seite geworfen, als sich der Schuppen *über dem Garten erhob!* »Was geschieht denn nur?« schrie Alice und klammerte sich verzweifelt an die Werkbank.

»Der Gartenschuppen macht einen kleinen Spaziergang, was sonst?« erwiderte Pablo Ogden, während er mit dem Ruderrad kämpfte, um den Schuppen zu wenden. »Dem Schuppen sind Beine gewachsen!« Im Schuppenboden befand sich eine Falltür mit ein paar kleinen Löchern, durch die nun einige Rauchfähnchen aufstiegen. »Das ist der Dampf, den die Beine des Schuppens ausstoßen«, erklärte Pablo, »schau es dir nur an, Alice.« Er klappte die Falltür auf, und Alice spähte durch das gähnende Loch, nur um zu sehen, daß weit unter ihr der Garten immer schneller und schneller vorbeizog!

»Du meine Güte!« entfuhr es Alice. (Was nur allzu verständlich war, denn in just diesem Moment machte der schwankende Gartenschuppen einen *großen* Ruck zur Seite, und Alice rutschte durch die Falltür.) »Du meine doppelte Güte!« rief Alice. (Was doppelt verständlich war, da sie nun aus dem Schuppen fiel.)

(Und der Garten war sehr, sehr weit und weit unter ihr...)

Zum Glück spürte Alice, just als ihr Körper seine Reise gartenwärts begann, wie eine starke Hand sie am Knöchel packte. Sie hing nun *kopfüber!* aus der Falltür des Schuppens, und von dieser vorteilhaften Position aus konnte sie in allen Einzelheiten die Beine des Gartenschuppens sehen: Es waren die Beine eines Huhns, allerdings mechanisiert und zu monströser Größe herangewachsen; die Beine stiegen dampfend über die Hecken. Der Gartenschuppen lief tatsächlich! »So bewegt sich Mister Ogden also durch den Garten«, sagte Alice zu sich selbst. »Er bewegt sich gar nicht *durch* den Garten, er bewegt sich *darüber hinweg.«* Alice sah auch verschiedene Werkzeuge aus der Falltür aufwärts an sich vorbeistürzen, darunter einen Hammer und eine Laubsäge. »Deshalb habe ich so viele Werkzeuge im Labyrinthgarten gefunden«, erklärte sie ihrem kopfüber hängenden Selbst. »Und so habe ich auch die Laubsäge gefunden, die mir half, zu Celia Puppe zu gelangen.« Alice entdeckte jetzt in kopfüberner weiter Ferne Whippoorwill, den sehr unartigen Papagei, auf ein Eisentor zufliegen, das den Ausgang des Labyrinths bildete.

»Whippoorwill!« rief sie laut, »komm auf der Stelle her!«

Doch der scherte sich natürlich keinen Deut um Alice. Wie sollte er auch? Der Papagei war tausend Flügelschläge entfernt, und Alice wurde mittlerweile in die schwankende Sicherheit des staksenden Gartenschuppens zurückgezogen. Es war Celia, die im letzten Augenblick vor dem Fallen ihren Knöchel gepackt hatte. »Folgen Sie dem Papagei!« forderte Alice und zeigte durch die Tür.

Und Pablo folgte dem entfernten Papagei, hantierte an den Hebeln und Schaltern, so daß die wandelnde, wankende Konstruktion auf den überdimensionalen Hühnerbeinen mit Riesenschritten auf das eiserne Ausgangstor zueilte. James Marshall Hühnerklein schrammte und schrummte derweil mit seinen Marionettenfingern über die Saiten seiner Gitarre und fabrizierte dabei einen gar fürchterlichen Heidenlärm auf dem Instrument (SPÄRÄNNNGGHHH! FISSEL! WUUIIIIEE! SNAZZBLATT! QUWIEET!). Alice hielt sich die Ohren zu. »Du meine Güte!« stöhnte sie, »was für ein furchtbarer Krach!«

»Ich hab's dir ja gesagt, oder?« brüllte Pablo über den Lärm hinweg. »Er nennt diese Melodie ›Little Miss Plemplem‹.«

»Entschuldigen Sie bitte«, schrie Alice, noch immer mit zugehaltenen Ohren, »was bedeutet das Wort?«

»Welches Wort?«

»Das Plemplem-Wort.«

»Plemplem? Du hast noch nie von plemplem gehört?«

»Nein, nie.«

»Oh, das wird in Manchester alle naselang benutzt. Es bedeutet bescheuert.«

»Bescheuert!«

»Ja völlig bescheuert.«

»Oh, ich verstehe«, brüllte Alice, die überhaupt nichts verstand, denn Jimi Hühnerklein hatte nun angefangen zu singen, wobei er seinen Text abwechselnd mit frenetischen Ausbrüchen von Gitarrengejaul hinausschrie:

Little Miss Plemplem! (BLISSUM! TÄÄNG! SCHIIIEMMUFFELL!)
Verloren
In einer (MAANGELLL!) *Zeit und einem verschlungenen Land.*
(TWAANGELLL!) *Befreite einen Freund und fand*
Die Liebe, die nichts und niemand kann hemm'. (JAHSS! JAHSS!)
KÄÄWÄÄNGLE!)

(FUNKY WAAHWAAH!)
Stellt sich den Schlangen, unverfroren
und, wie Pablo befand,
vollkommen (KLONK!) *plemplem!*

An diesem Punkt begann Jimi Hühnerklein ein langes und lautes Gitarrensolo, das den Garten noch mehr erbeben ließ. Alice klammerte sich fest an die zitternde Werkbank, während sie Pablo zurief: »Was für eine Art von Kunst schaffen Sie eigentlich, Mister Ogden? Ihre jüngste Schöpfung ergibt jedenfalls keinerlei Sinn!«

»Ich nenne meine Kunst *Wirrismus*«, erklärte Pablo, während er weiter eifrig an seinen Hebeln hantierte, »was mir erlaubt, Geschöpfe aus purer Primitivität zu erschaffen. In der Tat nannte ich meine Kunst früher *Rüdismus* und dann *Krudismus*, doch diese Etiketten schienen mir zu krud und rüde in ihrer Offensichtlichkeit. Davor habe ich *Klebismus* gemacht, bei dem alle Einzelteile zusammengeklebt werden, und einige Zeit davor *Schimmerismus*, bei dem ich nur den vagesten Schimmer hatte, was ich da eigentlich produzierte. Doch dann erkannte ich, daß ich überhaupt keinen Schimmer hatte, und ich begann, über mein Schaffen nachzugrübeln; und so nannte ich meine Kunst fortan *Grübelismus*. Aber das schien überhaupt nicht zu passen. Also nannte ich sie *Schuhdismus*, denn all meine Skulpturen schienen Schuhe zu tragen. Und dann *Schlauismus*, denn war ich nicht sehr schlau beim Schaffen meiner Werke? Und dann *Fragmentismus*, weil ich Fragmente von verlorenen Momenten zusammentrug. Doch diese Bezeichnung war mir nun wieder zu einengend, denn mittlerweile schuf ich Geschöpfe aus Geschöpfen! Also nannte ich meine Kunst *Zooismus*. Und dann *Grippismus*, weil ich nicht aufhören konnte zu niesen. Und dann *Kauismus*, weil ich nicht aufhören konnte zu kauen. Und dann *Blauismus*, weil ich nicht aufhören konnte, alles blau anzumalen. *Sauismus*: Skulpturen von weiblichen Schweinen.

Menüismus: Skulpturen von Mahlzeiten. Ich habe mich auch im *Launismus, Brauismus,* allen jungen *Coolismen, Geilismus, Nudismus* und *Pseudismus* versucht. Anschließend wandte ich mich dem *Werismus* zu, denn wer, bei allen Labyrinthen, war ich denn überhaupt, daß ich solch illegale Geschöpfe erschuf? Und schließlich, nach so manch merkwürdigem *Abstecherismus,* während ich auf ein angemessenes Etikett wartete, entschied ich mich für *Wirrismus,* denn mein Verstand ist mittlerweile ganz wirr und verdreht von dieser grenzenlosen Vielfältigkeit. Deshalb hassen die Gesetzesvipern meine Werke so: Ihnen ist alles zuwider, was auch nur ein klitzekleines bißchen wirr ist.«

James Marshall Hühnerklein beendete sein irres Solo und begann die zweite Strophe seines Liedes, lautstark unterstützt von seiner jaulenden Gitarre:

Little Miss Anagramm! (TSSING! TSSÄNG! QWERTZUIOP!)
  Völlig bescheuert!
  (ASDFGH! JKL!)
Süßes Unschuldslamm!
  (YX! CVB! NM!)
  Erwach aus deinen Nirwanas
  (!ax$%^&*!)
Die Zeit ist reif, drum sei beteuert
  Auf ewig mañanas!

»Das Gartentor ist direkt vor uns, Alice«, brüllte Pablo über den Gesang hinweg.

Tatsächlich klappte der Gartenschuppen nun seine hühnerigen Beine ein und ließ sich keine zwanzig Meter vom Ausgang des Labyrinthgartens entfernt auf dem Rasen nieder. Alice hatte eine letzte Frage, während sie zur Tür lief, und diese lautete: »Pablo, wie war noch mal das letzte Wort, das Jimi gesungen hat?«

»Welches Wort?« fragte Pablo.

»Das Mañanas-Wort.«

»Das ist das spanische Wort für morgen, Alice. Der Sänger fordert uns auf, das ewige Morgen zu feiern. Würde dir das nicht gefallen?«

»Das würde mir ganz und gar nicht gefallen!« erklärte Alice, während Celia und sie hinaus auf den Rasen traten, »denn ich möchte im Gestern sein.«

(JÖIING! SHÄLIIEEOIINNNGH! SPLOSS SPLOSS SPLOSS!)

Jimi Hühnerklein spielte sich noch immer die Seele aus dem Leib, während Pablo den beiden Mädchen nachrief: »Gib auf die Schlangen acht, Alice: Es wird ihnen nicht gefallen, daß Celia den Garten verläßt...«

Und stell dir vor, nach nur wenigen Schritten über das taubenetzte Gras hörte Alice ein schreckliches *Rascheln* hinter sich; und dann stell dir ihre Überraschung vor, als wohl *hundert züngelnde Schlangen* aus den Hecken geschnellt kamen, alle ganz versessen darauf, ihre geifernden Fänge in Alicens Knöchel zu schlagen!

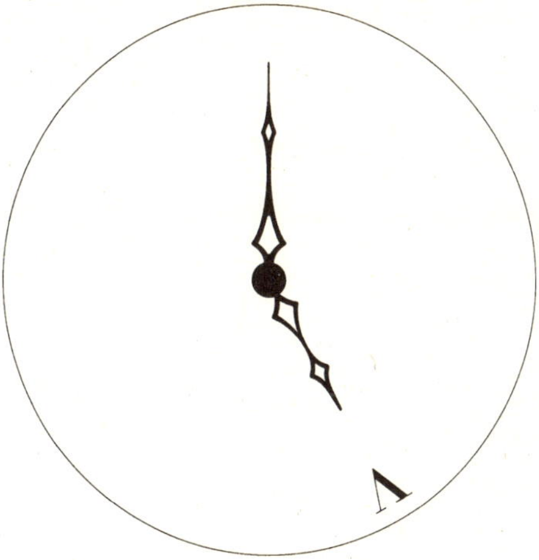

Die lange Pfote des Gesetzes

Schlangen, Schlangen, Schlangen! Überall um Alice herum zissschelte und wissssperte es, während ein Hundertgessschling von Ssschlangen sich lissspelnd durchs Unterholz ssschlängelte. Es war mittlerweile halb acht am Morgen, und die reale Alice wurde grob von Celia, der automatisierten Alice, zum Ausgang des Labyrinthgartens gezerrt. Die Sonne ging über den Hecken auf und schimmerte auf dem regenbogenfarbenen Schuppen des versammelten Untergehilfenheers der Gesetzesvipern. Unvermittelt vernahm Alice ein Knirschen hinter sich, und als sie sich umdrehte, sah sie Pablo Ogdens wandelnden Schuppen davonstaksen, zurück ins Herz des Labyrinthgartens. Und dann lief sie auch schon auf das Eisentor zu und sprang unterwegs über so manche Schlange. »Ich scheine im Jahr 2000 nichts anderes zu tun als zu *laufen*!« jammerte Alice, während sie neben Celia herrannte (und sprang). »Laufen, laufen, laufen! 1860 ist es ganz anders gewesen. Ja, noch am Nachmittag jenes Jahres konnte ich mich nicht einmal überwinden, aus meinem Ohrensessel aufzustehen. Nicht einmal für meinen Schreibunterricht! Vielleicht geht in der Zukunft alles viel *schneller*? Bei diesem Tempo werde ich jedenfalls niemals zu Atem kommen und zu meinem Papagei schon gleich gar nicht!«

»Schnell, Alice, schnell!« rief Celia voller Angst davor, von den Schlangen wieder zurück in den Garten gezerrt zu werden. »Das Tor ist geradewegs vor uns.«

Sie schafften es im letzten Augenblick. Celia riß das Tor mit ihren Terbo-Armen auf (während die Myriaden von Schlangen in ihre Porzellanknöchel bissen) und schubste Alice dann hindurch, geradewegs in die nächste Episode. Celia schlug das Tor scheppernd wieder zu (wobei sie den Kopf einer der Schlangen zerquetschte). »Das ist Pech, mein verschlängelter Herr Untergehilfe!« jubelte Celia schadenfroh.

Und so gelangten Alice und Celia auf die Straßen von Manchester.

Alice hatte noch nie zuvor einen solchen Höllenlärm erlebt, eine solche Tumultigkeit, eine solche Kakophonie von *Geschrei und Kreischen!* Und das so früh am Morgen! Dies war ja sogar noch schlimmer als der schreckliche Krach, den Jimi Marshall Hühnerklein auf seinem furchtbaren Krachmacher fabriziert hatte. Alice und Celia standen an einer äußerst geschäftigen Durchgangsstraße; hinter ihnen zischten die wütenden Schlangen furchtlos das Tor des Labyrinthgartens an. Vor ihnen befanden sich Hunderte von ächzenden Metallpferden, die aus ihren Hinterteilen übelstriechende Gase ausstießen, während sie die Straße entlangsausten (mit einer Geschwindigkeit von mehr als zwanzig Meilen pro Stunde!). Und an den Sattel jedes Metallpferdes klammerte sich eine Person (von denen nicht eine gänzlich menschlich aussah).

»Meine Güte!« brüllte Alice zu Celia. »Was für ein *Mief!* Ich habe noch nie zuvor so viele Pferde gesehen.«

»Das sind keine Pferde«, erklärte Celia, »das sind Kutschen.«

»Nun, sie sehen schon ein bißchen wie Pferde aus.«

»Diese Gefährte sind pferdelose Kutschen.«

»Woher weißt du denn, daß die Kutschen pferdelos sind?« fragte Alice.

»Weil da keine echten Pferde eingespannt sind.«

»Nun, vielleicht wollten die Pferde nur einmal ausspannen?«

»Alice! Stell dich doch nicht begriffsstutziger als du bist!« schalt Celia. »Eine *pferdelose* Kutsche nennen die Menschen in der Zukunft eine Kutsche, die nicht von einem Pferd gezogen wird.«

»Ist das so etwas wie ein klavierloser Lampenschirm?« hakte Alice nach.

»Was, in aller Welt, ist denn ein klavierloser Lampenschirm?« wollte Celia wissen.

»Nun, das ist natürlich ein Lampenschirm, der nicht von einem Klavier gespielt wird.«

»Alice! Ich bin deine Tollheit langsam leid!« entfuhr es Celia. »Wir könnten dieser Zukunftswelt nur entfliehen und zurück in die Vergangenheit gelangen, wenn wir zusammenarbeiten. Wir sind nicht ganz Zwillinge, wir geschwippten Schwestern. Deine Gefühle, meine Logik – Mädchen und Puppe; nur auf diesem gemeinsamen Weg können wir zurück nach Hause gelangen. Siehst du das denn noch immer nicht ein?«

Alice sah es nicht ein; hauptsächlich weil sie viel zu sehr damit beschäftigt war, die Lichter und Schreie zu studieren, die sich über den Häusern auf der gegenüberliegenden Straßenseite erhoben. Alice wußte genau, daß Whippoorwill von diesen Farben und Geräuschen angezogen werden würde, und so trat Alice (als sie eine Lücke im vorbeisausenden Verkehr erspähte) auf die Straße. Doch o weh: Eine der ach so pferdelosen Kutschen hätte sie beinahe überfahren. Tatsächlich streifte das vorbeisausende Fahrzeug Alicens Ellenbogen! »*Aaaauuuuaa!*« aauuate Alice und rettete sich mit einem Satz rücklings wieder auf den Bürgersteig, »das hat wehgetan!«

»Der richtige Name für eine pferdelose Kutsche lautet ›automatisiertes Pferd‹«, erklärte Celia nüchtern, während sie Alicens Arm mit ihren Porzellanfingern rieb. »Doch in dieser noch kommenden Zeit sind die Menschen viel zu beschäftigt, um Dinge bei ihrem vollen Namen zu nennen; daher nennen sie ihre Fortbewegungsmittel *Auto-Pferde*. Was sie manchmal sogar noch weiter zu *Autos* abkürzen.«

»Nun, das mag ja sein«, erwiderte Alice (mit schmerzverzerrtem Gesicht), »aber in unserer Zeit nannten wir ein Pferd ein Pferd und eine Kutsche eine Kutsche, und es gab keine pferdelosen Kutschen, da eine Kutsche sich nicht fortbewegen konnte, es sei denn, es war ein Pferd davorgespannt!«

»Alice, würdest du zugeben, daß wir jetzt in der Zukunft gefangen sind? Wir müssen die jüngsten Lektionen lernen. Glaub mir, meine Liebe, wir stehen hier und jetzt einem Pulk von Auto-Pferden gegenüber.«

»Ich hasse Lektionen«, schmollte Alice, während sie ihren verletzten Ellenbogen rieb, »aber wenigstens weiß ich, daß das Kollektivum für Pferde Herde lautet.« (Wie stolz Alice war, Celia in diesem Punkt zu korrigieren.)

»Ich denke, meine blasse menschliche Gefährtin, du wirst feststellen«, lenkte Celia sanft ein, »daß es Rinderherden gibt und Büffelherden oder sogar Elefantenherden. Doch wenn die Pferde automatisiert sind, dann werden sie zu einem Pulk. Und wir stehen hier noch immer einem galoppierenden Pulk von Autos gegenüber.«

»O Celia! Du denkst, du weißt alles.«

»Nun, es ist unfein, sich zu brüsten; aber du mußt zugeben, daß der Name Auto-Pferde ausgezeichnet auf diese Kutschen paßt. Man muß sich ja nur mal ihre Beine anschauen...« Alice schaute sich ihre Beine an (wobei sie gänzlich Celias korrekte Verwendung der Ellipse übersah), und sie gestand sich insgeheim ein (da sie Celia nicht den Triumph lassen wollte, *immer* recht zu haben), daß sie durchaus sehr wie die Beine von automatisierten Pferden aussahen. »So wie mein Terboterverstand es sieht«, fügte Celia stolz hinzu, »haben die Menschen der Zukunft das Pferd mit der Kutsche verschmolzen; dies sind pferdige Kutschen.«

»Aber sieh doch nur, Celia!« fiel Alice ihr ins Wort und schüttelte Celias helfende Hände mit einem Achselzucken ab, »über den Augen der Autos winden sich Schlangen!«

»Hab keine Angst, Alice«, beschwichtigte Celia, »diese Schlangen sind für den Fall da, daß es regnet; man nennt sie Scheibenzischer.«

Es war unmöglich, die Straße zu überqueren. Die Auto-Pferde galoppierten Nüstern an Schweif, Schweif an Nüstern dahin: ein beständiges Ächzen und Wiehern von Metall und Lärm. »Wenn sie nicht aufpassen«, verkündete Celia schließlich, »werden diese Reiter noch einen Pferdeunfall verursachen. Wir müssen eine Zebrastreifenüberquerung finden.«

»Was, in aller Welt, ist denn eine Zebrastreifenüberquerung?« fragte Alice.

»Das ist eine Stelle, an der sogar ein Zebra die Straße überqueren kann. Es ist eins der besseren Gesetze der Gesetzesvipern –«

»Da ist ja eins!« rief Alice. Und da war tatsächlich eins; da *war* ein Zebra, das die Straße überquerte, wenn auch weit, weit weg von Alice und Celia. »Dem Zebra nach!« rief Alice. »Um genau zu sein, ist es ein Tigerschecke!« verbesserte Celia. Alice fragte gar nicht erst, wie ein gescheckter Tiger so unvermittelt in die Unterhaltung gekommen war, denn sie war viel zu sehr damit beschäftigt, zu der Stelle zu laufen, wo das Zebra die Straße überquerte. »Schau nur, Celia!« rief sie, als die beiden die Stelle erreichten. »Whippoorwill sitzt auf der Schulter des Zebras!«

Der Papagei saß *tatsächlich* auf der Schulter des Zebras. Und auf diesem gestreiften Transportmittel bahnte er sich einen Weg auf die andere Straßenseite. (Alice kam überhaupt nicht in den Sinn, sich zu fragen, warum der Papagei nicht einfach über die Straße *flog*, da sie mittlerweile nur zu gut an seine Launenhaftigkeit gewöhnt war.) Und in der Tat breitete Whippoorwill just in diesem Moment seine grün-gelben Flügel in höchst schamloser Weise aus und drehte seinen Kopf um hundertachtzig Grad, um zu Alice hinüberzusprächzen: »Was hat das Katzenmädchen auf der anderen Straßenseite verloren?«

Alice war überzeugt, daß der Papagei sie auslachte, deshalb versuchte sie nicht einmal, dieses jüngste Rätsel zu beantworten. Das Zebra sah recht verängstigt aus, während es sich einen Weg durch die geteilten Reihen der Auto-Pferde bahnte (und würde es dir nicht ebenso gehen, wenn du der Verwandte eines Pferds in einer pferdelosen Gesellschaft wärst?). Es war natürlich kein echtes Zebra: Alice hatte bereits genug über dieses zukünftige Manchester gelernt, um zu wissen, daß nichts mehr wirklich echt war. Mitnichten, denn als Folge der Auswirkungen der Neumonie (so man denn Pablo Ogden glauben konnte), ritt Whippoorwill auf der Schulter eines Zebramannes: einer schwarz-weiß gestreiften Kreuzung aus einem Menschen und einem Zebra. Dieser Zebramann hatte inzwischen fast die andere Straßenseite erreicht, so daß Alice ihm beklommen auf die Fahrbahn folgte. Die Reiter der Auto-Pferde schleuderten Alice daraufhin alle möglichen Flüche entgegen, wobei der schlimmste von einem verschwitzten, dicken Schweinejungen kam: »Was, beim Suhlen, ist das?!« wütete er, »irgendein Mädchen überquert einfach die Straße!«

»Wo sind wir?« erkundigte sich Alice bei Celia, als sie noch nicht einmal auf halbem Wege über die Straße war (und sich dabei alle Mühe gab, die Beleidigungen zu ignorieren).

»Wir überqueren momentan eine Durchgangsstraße namens Wilmslow Road«, antwortete Celia, »in einem Ort namens Rusholme, einem kleinen Dorf einige Meilen vom Stadtkern Manchester entfernt.« Vor ihnen ragte nun ein riesiges Gebäude auf, an dessen Fassade in großen goldenen Lettern das Wort CHIMÄRENPALAST prangte; und darunter folgende Worte: DIE GROSSE FLATTER HEUTE: FLIPPETY FLOPPETY FLIPPT AUS!

»Aber wo wollen denn all diese Auto-Pferde nur hin?« fragte Alice ein Stück weiter auf der Straße. »Es kommt mir so vor, als

INDIAN
FOOD
KEBABS
CHEMIST
LOUNGE
BOVRI
NESTLES
MILK
ALE

ob die Bewohner von Manchester so begierig darauf sind, hier wegzukommen, daß sie sich förmlich gegenseitig aus dem Weg schubsen und stoßen wollen in ihrer Eile.«

»So ist es, Alice. Sie sind alle auf dem Weg zur Arbeit. Und in acht Stunden, nachdem sie ihr Tagwerk verrichtet haben, werden sie mit der gleichen Eile wieder nach Hause sausen. Deshalb nennen sie diese beiden Zeiten die Stoßzeiten.«

Der Zebramann hatte mittlerweile die gegenüberliegende Straßenseite erreicht. Die Auto-Pferde stimmten ein Fauchen und Röhren an, so als wollten sie Alice und Celia bei lebendigem Leibe *auffressen*, und sprangen dann mit einem großen Satz aus metallischem Ächzen vorwärts! Puppe Celia packte Alice bei der Hand und *begann, schneller zu gehen als irgend jemand je gegangen ist!* Alice hatte das Gefühl zu fliegen, so schnell bewegte Celia sich. »Celia!« rief Alice, »wo, in aller Zukunft, hast du gelernt, so schnell zu gehen?« Doch ihre Worte verloren sich in dem rauschenden Windzug, den Celia in ihrer Eile, den beschleunigenden Auto-Pferden zu entkommen, erzeugte. »Was soll's?« sagte sich Alice. »Ich vermute, wenn ich eine Automatisierte Alice wäre, würde ich auch imstande sein, so schnell zu laufen.« Just in diesem Moment stürzte der röhrende Pulk von pferdigen Kutschen auf die beiden los, um sie unter sich zu zermalmen!

Alice und Celia schafften es natürlich, die Straße zu überqueren, wenn auch nur um die Breite der Haare auf ihren kleinsten Zehennägeln. (Und das war auch gut so, denn ansonsten wäre diese Fabel wirklich eine sehr traurige Geschichte. Schließlich habe ich ja noch nicht einmal über die Hälfte von Alicens Abenteuern in der Zukunft berichtet. Nein, nein; es kann einfach nicht angehen, daß meine Hauptdarsteller derart achtlos von metallenen Hufen zermalmt würden!)

Sobald sie die Sicherheit des gegenüberliegenden Bürgersteigs erreicht hatte, stürzte Alice vor, um Whippoorwill zu packen, doch das einzige, was sie zu fassen bekam, war eine einzelne grüngelbe Schwanzfeder, die sie dem Vogel glatt ausriß! Whippoorwill seinerseits flog, trotz der fehlenden Schwanzfeder, ganz mühelos von der Schulter des Zebramannes und entschwand über das Dach des Chimärenpalastes in einem dichten Knäuel von Häusern. Der Zebramann trottete in der gleichen Richtung davon und ließ Alice hinter sich stehen, die sich noch immer hilflos an die einzelne Feder des Papageien klammerte. »Meinst du, Celia«, fragte Alice da, »daß Großtante Ermintrude sich mit einer einzelnen Feder ihres verlorenen Papageien zufrieden gibt?«

»Ich glaube nicht, Alice«, erwiderte Celia. »Aber sieh nur!« Celia hatte sich hinabgebeugt und irgendein kleines Teilchen vom Boden aufgehoben. »Das muß der Zebramann in seiner Eile wegzukommen verloren haben.« Es handelte sich um ein hölzernes Teil von einem Puzzle, auf dem ein welliges Muster aus schwarzen und weißen Streifen zu sehen war. Celia reichte es Alice.

»Das ist noch ein fehlendes Stück meines Puzzles vom Londoner Zoo«, verkündete Alice. »Das gehört ins Zebrahaus.« Alice nahm das Teil und steckte es in die Tasche ihres Trägerkleids zu den anderen vier Puzzleteilen, die sie bereits eingesammelt hatte. »Sind wir hier in der Nähe von Didsbury, Celia?« fragte sie dann.

»Das sind wir«, erklärte die Puppe, »aber wir gehen in die entgegengesetzte Richtung. Warum fragst du?«

»Weil dort meine Großtante lebt, oder sollte ich sagen *einmal gelebt hat*, und wir müssen dorthin zurückfinden.«

»Aber jetzt noch nicht, liebe Alice.«

»Ausnahmsweise, liebe Celia, stimme ich dir vollen Herzens zu.«

Die beiden nahmen die Verfolgung von Whippoorwill auf und betraten das Häuserknäuel. Natürlich verloren sie sich alsbald darin. Das Problem war folgendes: Alle Häuser waren identisch,

und alle Straßen waren identisch. Und alle Straßen waren eng verschlungen mit allen anderen Straßen. Wie es schien, war die ganze Welt identisch identisch und in sich verschlungen. Ein weiteres verworrenes Problem, welches Alice entwirren mußte. Doch die Lichter zuckten gleißend am Morgenhimmel, und das Sirenengeheul und das Gepfeife hallte aus den verborgenen Straßen. Am Ende gelang es Alice nur mit Hilfe von Celias überragendem

Weitblick und Orientierungssinn, die Stelle zu finden, wo der Lärm und die Lichter herkamen.

Stell dir nur einmal diese Szene vor, mein treuer Leser...

Ein Pulk von Polizeiautos (pferdelose Kutschen, die der Polizei gehörten) parkte im Herzen dieser allzu identischen Häuser. Eine Traube aus Tiermenschen drängte sich auf der Straße: Ziegenjungen und Schafmädchen, Elefantenmänner und Fledermausfrauen. Alice bahnte sich zaudernd einen Weg durch diesen sonderbaren Zoo von Schaulustigen. »Können Sie mir bitte sagen, was hier passiert ist?« erkundigte sie sich bei dem nächststehenden Polizisten.

»Es wurde ein zweiter Puzzlemord verübt«, erwiderte der Polizist finster, und sein pelziger Körper bebte. »Diesmal hat es ein Katzenmädchen erwischt.«

Erst als Alice das Fell des Polizisten zittern sah, erkannte sie, daß dieser Polizist in Wirklichkeit ein Polizeihund war; oder eher ein Polizeihundemann. Ein weiteres Opfer der Neumonie, natürlich. Alice versuchte, sich an dem Polizeihundemann vorbei zu der Stelle zu drängen, wo ein buckeliges Etwas ganz reglos und grausig unter einem weißen Laken auf dem Boden lag. Nur eine einzelne rotbraun behaarte, krallenbewehrte Katzenpfote ragte hervor und ruhte leblos auf dem Bürgersteig.

»Wie traurig«, flüsterte Alice entsetzt. (Denn Alice hatte selbst ein Schmusekätzchen, weit weg in der fernen Vergangenheit. Die allerliebste Dinah aus längst vergessenen Jahren!)

Just in diesem Moment kam ein weiterer Polizeihundemann auf Alice zugesprungen. Er knurrte die anderen Hundemänner an und befahl ihnen, sich an die Arbeit zu machen, und zwar zack, zack! Er hatte offensichtlich das Kommando. Alice erkannte dies nicht nur an seinen gebellten Befehlen, sondern auch an der Tatsache, daß er einen Anzug trug, einen *maßgeschneiderten* Anzug noch dazu, während alle anderen Polizeihundemänner blaue Uniformen über ihrem Fell trugen. »Und wer bist du?« fragte dieser Boß-aller-Hunde Alice. Er hatte ein Gesicht aus zart pelzigen Farben: ein breiter brauner Streifen, der sich der Länge nach über eine seidig helle Schnauze zog.

»Ich bin Alice«, antwortete Alice.

»Und ich bin Inspector Jack Russell von der Manchester-Polizei. Was machst du hier, Alice?«

»Nun, Inspector Russell ... ich glaube, das ist mein Papagei dort auf Ihrer Schulter.«

Inspector Jack Russell hatte tatsächlich Whippoorwill auf seiner Schulter sitzen. »Dieser Papagei macht sich der Behinderung der polizeilichen Ermittlungen schuldig«, bellte Jack Russell, »und ich will, daß er *auf der Stelle von meiner Schulter verschwindet!*«

»Whippoorwill, komm, flieg her zu mir«, lockte Alice, nur um mit ansehen zu müssen, wie sich der Papagei von Jack Russells Schulter aufschwang und dann davonflog, nicht zu ihr, sondern in den immer heller werdenden Morgenhimmel über den Häusern: Der Papagei hielt auf den Stadtkern von Manchester zu.

»Entschuldigen Sie bitte, mein gestreifter Pferdemann!« knurrte Jack Russell den Zebramann an, der unvermittelt am Tatort aufgetaucht war und mit seinen feuchten Nüstern gegen das Laken des toten Katzenmädchens stubste. »Sehen Sie denn nicht, daß Sie meine Untersuchung dieses Felinozids behindern?«

»Was ist denn ein Felinozid?« fragte Alice.

»Der Mord an einem Katzenmädchen, natürlich«, antwortete der Inspector. (Womit Alice die Antwort auf Whippoorwills jüngstes Rätsel hatte: Was hat das Katzenmädchen auf der anderen Straßenseite verloren? Ihr Leben, natürlich!)

»Der Name des Opfers lautet Whiskers Macduff«, fuhr Jack Russell fort. »Dies ist der zweite Puzzlemord. Bei dem ersten Opfer handelte es sich um einen jungen Spinnenburschen namens Quentin Tarantula. Er war ein Chimärenkünstler, berüchtigt für seine brutalen, verherrlichenden Darstellungen des Verbrecherlebens. Ich muß gestehen, daß ich über sein Dahinscheiden keine Träne vergießen werde. Derartige Chimärenschauen gehören verboten.«

»Was genau ist eine Chimärenschau?« erkundigte sich Alice.

»Was ist eine Chimäre?!« heulte Jack Russell. »Wo bist *du* denn die letzten fünf Jahre über gewesen?«

»Ich bin die letzten fünf Jahre über nirgendwo gewesen«, erwiderte Alice. »Um genau zu sein, bin ich über die letzten einhundertvierzig Jahre nirgendwo gewesen!«

Inspector Jack Russell ignorierte diese Bemerkung. »In der Chimäre spielen sie die große Flatter, was denn sonst?«

»Die große Flatter!« wiederholte Alice angetan. »Das klingt spaßig!«

»Spaßig!« jaulte der Inspector. »O nein: Die Chimäre ist nichts weiter als Nahrung für die niedersten Bedürfnisse der gemeinen Herde, ein Flattern von verderbten Bildern an einer Wand!«

»Ist eine Chimäre so etwas wie eine Laterna magica?« fragte Alice.

»Und da spekulieren die Zeitungen noch, warum die Verbrechenszahlen steigen!« bellte Jack Russell.

»Was hat das denn alles mit den Puzzlemorden zu tun?« wollte Alice wissen.

»Quentin Tarantula war ein Chimärenmacher. Das habe ich doch wohl schon erklärt, oder? Er wurde erst ermordet, und dann wurden all seine acht Beine abgeschnitten und an seinen Kopf angenäht! Angenäht, sage ich! Und dieses arme Katzenmädchen hat das gleiche Schicksal erlitten: Ihre Körperteile wurden neu zusammengesetzt.«

Alice war mit einem Mal speiübel.

»Deshalb nennen wir diese Morde die Puzzlemorde. Sieh dir das hier an…« Inspector Jack Russell öffnete seine Pfote und ließ ein kleines Holzstück vor Alicens Nase baumeln. »Das haben wir bei dem Spinnenjungen gefunden, fest umklammert von einem seiner Beine.« Es war ein weiteres Puzzleteil! Alice erkannte das gezackte Fragment: das fehlende Abbild einer todbringenden Spinne aus ihrem lang vergangenen Puzzle des Londoner Zoos.

»Das ist *mein* Puzzleteil!« entfuhr es Alice.

»Ach, ist es das wirklich?« erwiderte Jack Russell. »Nun, dann schau dir mal das hier an…« Und mit dieser Ellipse stemmte der Polizeihundemann die einzelne unverhüllte Pfote des derzeit toten Katzenmädchens auf und brachte ein weiteres dort verborgenes Puzzleteil zum Vorschein. »Ich frage mich, ob dir *dieses* Puzzleteil wohl auch gehört?« sinnierte er und hielt Alice die gezackte Ecke eines goldenen Katzenauges vor die Nase.

»Das ist auch *meins*!« bestätigte Alice.

»Menschenmädchen Alice«, knurrte Inspector Jack Russell schroff, »ich nehme dich hiermit wegen möglicher Mittäterschaft bei den Puzzlemorden fest. Ich verdächtige dich, eine Komplizin des Ramshackle-Dachsmannes, unseres Hauptverdächtigen, zu sein und gemeinsam mit ihm diese zerpuzzelnden Morde verübt zu haben. Die Gesetzesvipern werden ganz erpicht darauf sein, dich zu verhöhnen.«

Just in diesem Moment fing es an zu regnen!

Zu regnen und zu regnen und zu regnen.

Eine verblüffte (und durchnäßte) Alice spürte, wie sich ein Paar Polizeischellen um ihre Handgelenke schlossen, und im selben Moment sah sie, wie Captain Ramshackle von einer Traube von Polizeihundemännern abgeführt wurde. Der Dachsmann schaute Alice im Vorbeigehen an. »Alice, du *weißt*, daß ich unschuldig bin«, rief er ihr flehentlich durch den prasselnden Regen zu. »Hilf mir doch bitte!«

»Guter Captain, ich werde mein möglichstes tun, um Ihnen zu helfen«, rief Alice zurück, während sie selbst von einer Polizeihundemeute auf den Rücksitz eines Polizeiautos geschubst wurde. »Ich werde unser beider Unschuld beweisen …«

Das letzte, was Alice bemerkte, während das Auto-Pferd mit ihr davongaloppierte, war der Porzellanausdruck auf Puppe Celias Gesicht, das sie aus der Menge der triefenden Schaulustigen anblickte. »O Celia!« jammerte Alice verzweifelt, »nun verliere ich dich schon wieder. Was soll jetzt nur aus uns werden?«

Alicens Ritt auf dem Rücksitz des Auto-Pferdes war ein angstvoller regengepeitschter Galopp ins Herz von Manchester. Wilmslow Road wurde entlang des Wegs zu Oxford Road, und Alice kam auf ihrer Reise zum Mittelpunkt von Manchester an so manchem Wunder vorbei, dabei immer umzingelt von einem schlitternden Pulk anderer Auto-Pferde, die alle ihre höchsteigenen furchtlosen Reiter trugen. Alice kam am Krankenhaus und der Universität vorbei; sie kam auch an der Zentralbibliothek und dem imposanten Rathaus von Manchester vorbei.

Das Polizeiauto-Pferd hielt schließlich vor der Polizeiwache gegenüber dem Rathaus.

Lethargisch im Gefängnis

Fünf Minuten später war Alice bereits eingesperrt in einer winzigen Gefängniszelle im Keller der Polizeiwache. »Das ist ungerecht!« schrie sie Inspector Jack Russell an, als dieser sie in die Zelle stieß. »Ich bin unschuldig! Lassen Sie mich gefälligst gehen!«

»Die Obergehilfin der Gesetzesvipern wird in Kürze hier sein«, entgegnete Jack Russell barsch. »Der kannst du dann deine Unschuld beteuern.«

Inspector Jack Russell verließ die Zelle und schlug die Tür hinter sich zu.

Alice hörte, wie sich der Schlüssel im Schloß umdrehte, damit sie auch wirklich begriff, daß sie mutterseelenallein war.

Eine lange, lange Zeit verstrich, ohne daß irgend jemand zu ihr kam, nicht einmal eine Gesetzesviper. Stunden und Aberstunden mußten vergangen sein. Alice fühlte sich sehr allein und verlassen – sehr ungeliebt. Die Gefängniszelle bot keine Möbel, außer einer harten Pritsche, und keine Fenster, außer einem winzigen vergitterten Loch hoch oben in der Wand, durch welches Alice nur den fahlen Schimmer des fernen Regenscheins ausmachen konnte. Alice hatte großen Hunger, schließlich hatte sie seit dem Mittag nichts mehr gegessen. Womit natürlich das Mittagessen im Jahre 1860 gemeint ist. Alice war sich selbst und ihrer eigenen Findigkeit überlassen. Allerdings beschränkten sich Alicens eiserne Reserven auf Whippoorwills ausgerupfte Schwanzfeder und fünf kleine Teilchen von einem Puzzle des Londoner Zoos, die allesamt kaum Trost zu spenden vermochten (ganz besonders nicht dem Magen).

Alice langweilte das Nichtstun alsbald, daher beschloß sie, mit ihrer Feder und ihren Puzzleteilen zu spielen. Zuerst legte sie die Feder auf die grobe Decke der Pritsche. Dann grub sie tief in ihrer Trägerkleidtasche und holte die fünf Puzzleteile hervor, die sie auf ihrer Reise bislang zusammengesammelt hatte: die Termite, den Dachs, die Schlange, das Huhn und das Zebra. Diese Teile legte sie mit dem Bild nach oben in einem Kreis um die grün-gelbe Feder aus.

»Also«, sagte Alice zu sich selbst, »welches Spiel soll ich mit euch spielen? Soll ich Feder-entkomm-dem-Zoo spielen? Oder soll ich Zoo-fang-die-Feder spielen?«

Sie bewegte die Puzzleteile um die Feder herum und dann die Feder inmitten der Puzzleteile, und dann schleuderte sie alles zusammen auf den Boden!

»Ach! Welchen Unterschied macht es?« wütete sie. »Ich kenne die Regeln zu beiden Spielen nicht, und selbst wenn ich sie kennen würde, welchen Spaß macht es schon, mit mir selbst zu spielen? Wenn doch nur die Automatisierte Alice hier wäre! Sie würde gewiß die Regeln für beide Spiele kennen. Die Automatisierte Alice würde die Regeln sogar so gut kennen, daß sie mich in jeder Runde schlagen würde! Und *das* würde mir schon gleich gar nicht gefallen! Aber trotzdem wäre es schön, jemandem zum Reden zu haben. Und auch etwas zu essen!«

Just in diesem Moment drehte sich abermals der Schlüssel im Schloß um, und die Zellentür wurde aufgestoßen. Inspector Jack Russell trat mit einem Teller Essen ein. »Ich dachte mir, du wärst vielleicht hungrig, Alice«, knurrte er und stellte den Teller auf ihrem Bett ab.

»Ich bin hungrig«, bestätigte Alice, »aber ich werde das nicht essen!« (Es war ein Teller voller gekochter Radieschen!)

»Na schön«, erwiderte Jack Russell, »dann werde ich es wieder mitnehmen.«

»Wo ist Captain Ramshackle?« fragte Alice.

»Der Dachsmann wird gerade von der Obergehilfin verhört, und die Herrin der Schlangen wird auch dich in Kürze verhören.«

»Aber ich sage Ihnen doch, daß ich unschuldig bin!«

»Das haben die Vipern zu entscheiden; in der Zwischenzeit werde ich dir einen Zellengenossen geben ...«

Und es wurde eine Nacktschnecke in Alicens Zelle gestoßen. Eine recht große Nacktschnecke noch dazu! Und die Zellentür schlug scheppernd ins Schloß. Stell dir nur einmal vor, Alice, dieses süße Mädchen, und eine *schleimige riesige Nacktschnecke* zusammen eingesperrt in diesem winzigen *Mauseloch* von einer Zelle? (Obwohl, um der Wahrheit die Ehre zu geben, selbst eine Maus die Zelle zu beengt gefunden hätte, von einem kleinen Mädchen und einer riesigen Nacktschnecke erst ganz zu schweigen!) Die Nacktschnecke war natürlich nicht einfach nur eine Nacktschnecke: Sie war auch ein Mann – eine Männerschnecke also. Er trug einen Anzug aus seidigem Glitterstoff, so daß sein Jackett und seine Krawatte und seine Hosen nur so glitzerten und glimmerten. Auf seinem schwarzen, schleimigen Kopf saß ein großer, spiralförmig gezwirbelter Hut, unter dem sich seine beiden zuckenden Hörner träge in der muffigen Luft bewegten. In seinen Menschenhänden hielt er eine goldene Trompete aus sorgsam poliertem Messing.

»Wer sind Sie?« fragte Alice nervös.

»Ich... bin... Long... Distance... Davis...«, erwiderte der Schneckenmann im Schneckentempo, so daß eine schiere Ewigkeit zwischen den einzelnen Worten zu liegen schien. »Und... wer bist... du?«

»Ich bin Alice«, erklärte Alice, »und Sie sind eine Nacktschnecke!«

»Ich... bin... keine... Nacktschnecke...«, entgegnete Long Distance Davis, ebenso langsam wie zuvor. »Ich... bin... eine... Gehäuseschnecke...«

»Wo ist denn Ihr Haus?« (Alice verstand gerade genug von *Gastropodologie*, um zu wissen, daß eine Gehäuseschnecke ein Haus besaß, wohingegen eine Nacktschnecke keins besaß.)

»Wo... immer... ich... meinen... Hut... ablege... ist... mein... Gehäuse...« Mit diesen Worten legte sich der Schnekkenmann auf dem Boden nieder und fing an, seinen Leib in seinen Hut zu *zwängen*. Tiefer und tiefer rutschte er in die Spiralwindungen hinein, bis er fast gänzlich verschwunden war; um genau zu sein, es war nur noch seine goldene Trompete zu sehen. »Bitte, ziehen Sie sich nicht in Ihr Schneckenhaus zurück, Mister Schneckenmann!« flehte Alice. »Bitte, reden Sie mit mir.«

»Was ... gibt ... es ... zu ... reden?« erwiderte Long Distance Davis träge aus den Tiefen seines Schneckenhaushuts: »Ich ... bin ... unter ... meinem ... Hut ... und ... außerdem ... auch ... unter ... Arrest ...«

»Für welches Verbrechen?«

»Für ... das ... Verbrechen ... Musik ... zu ... machen ...«

»Ist es denn in der Zukunft ein Verbrechen zu musizieren?«

»Ich ... musizierte ... zu ... langsam ...«

»Ich bin schrecklich verwirrt, Mister Schneckenmann; warum verstößt denn *Langsamkeit* gegen das Gesetz?«

»Die ... Gesetzesvipern ... hassen ... es ... zu ... warten ...«

»Und worauf genau warten Sie?« erkundigte sich Alice.

»Ich ... warte ... darauf, ... daß ... die ... nächste ... Note ... meiner ... Trompete ... entströmt ...«

»Würden Sie wohl eine Melodie für mich spielen, Mister Long Distance?« bat Alice höflich. »Das würde die Zeit vertreiben.«

»Ich ... werde ... dir ... meine ... jüngste ... Komposition ... vorspielen ...« Mit diesen behäbigen Worten glitt der Schneckenmann aus seinem Haus, so daß es abermals wie ein Hut aussah. »Dieses ... Stück ... heißt ... ›Miles ... Behind‹ ...« Er hob die glänzende Trompete an seine Lippen und blies eine einzelne Note:

»Parp!« trötete die Trompete. Dann senkte Long Distance Davis das Instrument wieder.

»Ist das alles?« erkundigte sich Alice (die bemerkt hatte, daß im Becher der Trompete ein Puzzleteil lag).

»Das ... ist ... der ... Anfang ... des ... Stücks ...«, leierte Long Distance.

»Aber warum sprechen Sie denn so langsam, Mister Schnekkenmann?« fragte Alice (und stibitzte dabei das Puzzleteil aus der Trompete des Schneckenmannes, während sein Blick in die Ferne schweifte). »Ist Ihr Englisch nicht besonders gut?«

»Ich… spreche… kein… Energisch…«

»Ich sagte nicht energisch, ich sagte Englisch.«

»Nun… du… scheinst… sehr… energisch… zu… sein…«

»Welche Sprache *sprechen* Sie denn?« Alice hatte langsam genug von der Schwerfälligkeit des Schneckenmannes. (Oder sollte das besser Schneckenhaftigkeit heißen? Ich kann mich nicht entscheiden, kannst du es?)

»Ich… spreche… Lethargisch…«, erklärte der Schneckenmann schließlich.

»Und was ist Lethargisch?« fragte Alice.

»Lethargisch… ist… die… träge… Sprache…«

Und damit hob der Schneckenmann wieder die Trompete an seine Lippen und blies abermals hinein, volle zwei Noten diesmal. (Während dieser musikalischen Passage gelang es Alice, einen schnellen Blick auf ihr jüngstes Puzzleteil zu werfen; es zeigte nur einen schwarzen, schleimigen Flecken feuchter Haut. Alice erkannte, daß das Teil zu der Schnecke gehörte, die in ihrem Gastropodenhaus im Londoner Zoo fehlte. Sie steckte es verstohlen in ihre Trägerkleidtasche.)

»Parp, parp!« trötete die Trompete, bevor sie abermals gesenkt wurde.

»Ist das immer noch die Melodie mit dem Titel ›Miles Behind‹?« fragte Alice.

»Miles… and… Miles… Behind…«

»Das muß der Grund sein, weshalb man Sie Long Distance Davis nennt, weil Sie so unendlich lange brauchen, um so gut wie überhaupt nichts zu tun!«

»Das… *ist*… der… Grund,… weshalb… sie… mich… Long… Distance… Davis… nennen…«

»Das ist doch alles lächerlich!« entfuhr es Alice, der mittlerweile gänzlich der Geduldsfaden gerissen war. »Ich rede hier mit einem Schneckenmann, der nicht einmal einen Satz anständig zu Ende bringen kann, wo ich doch so viel zu tun habe! Ich muß noch so viel *finden*!«

»Alice … reg … dich … ab,… du … mußt … cool … bleiben …«

»Ich rege mich überhaupt nicht auf!« rief Alice trotzig. »Aber wie sollte ich mich denn nicht aufregen, wenn ich hier in einer winzigen Zelle mit einem riesigen, feuchten Schneckenmann zusammengepfercht bin? Und zum *Cool*bleiben habe ich schon gleich gar keine Lust, was immer das auch sein mag!«

»Cool … ist … was … cool … tut …«

»Und was tut cool?«

»Cool … ist … die … Kunst … des … Wartens …«

»Haben Sie etwas zu essen dabei?« fragte Alice (die ein Bedürfnis in ihrem leeren Magen verspürte und außerdem ein Bedürfnis, das Thema zu wechseln). »Denn ich bin das Warten langsam mächtig leid!«

»Ich … habe … Nahrung … für … die … Sinne …«, erwiderte Long Distance Davis. Er griff in den Becher seiner Trompete und holte einen kleinen Samtbeutel hervor. Diesen öffnete er sehr langsam: Im Innern befand sich eine Silberdose, auf der in wunderschönen Blattgoldlettern die Worte SCHLUCK UNS standen. Long Distance Davis schraubte den Deckel der Dose auf und bot dann Alice den Inhalt an. Diese warf nur einen Blick darauf und schrak dann entsetzt zurück, denn bei dem, was sie dort erblickte, wurde ihr mit einem mal *speiübel*. »Sie bieten mir *Würmer* zu essen an!« rief sie.

»Das … sind … keine … Würmer …«, leierte Long Distance Davis. »Das sind … Wörmer …«

»Das sind *Wörmer*!« rief Alice abermals und fügte diesmal das Ö ein. »Werden die mich denn nicht verrückt machen?«

»Sie … werden … deine … Bedürfnisse … befriedigen …«

»Also gut«, seufzte Alice (doch nur, weil sie sehr hungrig war), »aber Sie zuerst.«

Long Distance Davis griff mit seiner trompetenlosen Hand in die Dose und holte ein sich windendes, lebendes Exemplar heraus: Diesen Worm stopfte er sich in den Mund. Dann hob er die Trompete an seine Lippen und blies drei weitere Noten der Melodie mit dem Titel »Miles Behind«:

»Parp, parp, parp!« trötete die Trompete.

Long Distance Davis nahm einen weiteren schleimigen Worm aus der Dose: »Du... bist... dran... Alice...«, säuselte er träge, »bitte... mach... einen... kleinen... Trip... mit... mir...«

Alice entschied, daß ihr kaum eine andere Wahl blieb, wenn sie etwas essen wollte: Also erlaubte sie Long Distance Davis, ihr den Worm in den Mund zu schieben.

O *du meine Güte!* Der Worm *glitschte* ihre Kehle hinunter! Alice schwanden sie Sinne und sie sackte auf die harte Pritsche.

Und dann wurde auf einmal alles sehr, sehr glitschig-schlüpfrig...

Alice treibt auf einem langen, schlangengleichen Wasserlauf entlang, durch eine träge kreisende Welt aus goldenen Nachmittagsfarben. Sie braucht eine Ewigkeit, um zu erkennen, daß sie nicht mehr in der Gefängniszelle ist: Sie braucht anderthalb Ewigkeiten, um zu erkennen, daß sie nun faul zurückgelehnt in einem kleinen Ruderboot sitzt. Ihre beiden Schwestern, Lorina und Edith, sind mit ihr in dem Boot, ebenso wie ihr Freund, der nette Mister Dodgson. Alice braucht *zwei ganze Ewigkeiten*, um zu erkennen, daß Mister Dodgson den drei kleinen Mädchen märchenhafte Geschichten erzählt.

»Erzählen Sie uns mehr, Mister Dodgson!« quiekt Edith zu Alicens Linken. »Erzählen Sie uns mehr! Mehr, mehr, *mehr!*«

»Aber meine liebsten Mädchen…«, haucht Mister Dodgson, »die Quelle der Phantasie ist nun versiegt, wie *soll* ich da nur fortfahren?« »Ach, aber Sie *müssen* weitererzählen!« stimmt Alice in das Drängen ein.

»Den Rest erzähle ich euch das nächste Mal –«, versucht der Geschichtenerzähler vergeblich, sie zu beschwichtigen.

»Es *ist* das nächste Mal!« quieken die fröhlichen Stimmen einstimmig.

»Na, also schön, wenn ihr darauf besteht…«

Das Boot landet in dem kleinen Dorf Godstow am Themseufer an, und die vier Freunde steigen aus, um unter einer großen, schattigen Ulme zu picknicken: Und hier, zwischen Bissen von einem Kochschinkensandwich (ohne auch nur ein einziges Radieschen in Sichtweite!), fährt Mister Dodgson mit seiner Geschichte um *Alice unter der Erde* fort. Die drei Schwestern sind so gebannt von seiner Geschichte, daß Alice erst viel, viel zu spät bemerkt, daß klammheimlich ein Wurm in ihr Sandwich gekrochen ist: Sie nimmt einen Bissen Kochschinken und auch einen Bissen von dem Wurm!

Der Geschmack läßt Alice angewidert aufschrecken, und sie spuckt den anstößigen Bissen aus! »Alice, meine Liebe«, flüstert Mister Dodgson, »weißt du denn nicht, daß kleine Mädchen ihr Essen nicht in solcher Weise vergeuden dürfen?«

»Aber da war ein Wurm drin!« protestiert Alice, noch immer ausspuckend. »Und ich fürchte, ich habe bereits mehr als die Hälfte davon verschluckt!« Alice spuckt und spuckt und spuckt und spuckt und spuckt! Der Erdboden ist mittlerweile schon gänzlich bedeckt mit Spucke, und Alice sieht, daß eine ganze verschlungene, sich windende *Heerschar* von Würmern über die Picknickdecke kriecht! Die Würmer recken sich hoch, um Alicens Knöchel zu packen, was schon recht merkwürdig anmutet, doch das Merkwürdigste von allem ist die Tatsache, daß Alice gar nichts dagegen einzuwenden hat, daß sich die Würmer um ihr Fleisch winden, obwohl sie Alice nach und nach unter die englische Erde ziehen! Alicens drei Picknickgefährten scheinen ihre mißliche Lage gar nicht zu bemerken; sie fahren ungerührt fort zu essen und zu trinken und Geschichten zu erzählen, so als würde nichts Ungewöhnliches geschehen! Und just da bemerkt Alice zu ihrer großen Freude, daß Whippoorwill der Papagei über die Wipfel der Ulmen auf sie zugeflogenkommt. »Komm zu mir, mein süßer Vogel der Jugend«, lockt Alice. »Komm und begleite mich bei dem trägen Treiben auf diesem Meer aus Würmern: Wir könnten uns gemeinsam der Tollheit ergeben. Wäre das nicht schön, Whippoorwill?« Alice ist mittlerweile halb in der Erde versunken, und die Würmer winden sich in tausend glitschigen, schlüpfrigen Windungen um sie herum. Alice fühlt sich fabelhaft, besonders als Whippoorwill herangeflogen kommt und sich auf ihre ausgestreckte Hand setzt. »Ach, mein so lange verlorener Freund«, wispert Alice sanft und streichelt sein Gefieder, »endlich bist du zu mir zurückgekommen.«

»Alice, sage mir«, beginnt der Papagei ein weiteres Rätsel, »wer hat nur die Hälfte des Ganzen vom Loch?«

»Nun, die Lösung lautet natürlich *ich*, Whippoorwill«, antwortet Alice zuversichtlich, »denn es ist nur noch die Hälfte meines Ganzen oberhalb dieses Wurmlochs verblieben: Und ich freue mich schon darauf, gänzlich darin zu versinken!« Bei diesen Worten beginnt Alice zu kichern und sich zu winden, um sich in dem Wurmbad zu ertränken.

»Richtige Antwort, Alice!« krächzt Whippoorwill, »aber die völlig falsche Begründung. Denk noch einmal nach, und mach schnell, Alice. Bevor du zu tief versinkst.«

»Aber die Würmer sind so heimelig und wärmelig, liebster Whippoorwill«, schwelgt Alice verzückt. »Ich habe mich noch nie so wohl gefühlt...«

»Alice, hör mir genau zu«, drängt Whippoorwill mit erstaunlich menschlicher Stimme. »Das sind keine Würmer, in denen du da versinkst, das sind Wörmer; Wörmer mit einem Ö im Namen: der Plural des Namens, der für *Weisheit-absoletierender-randomisierter-Mechanismus* steht, wie du mittlerweile nur zu gut weißt. Die Wörmer wollen dich nur verrückt machen und dazu verleiten, daß du für immer in der Zukunft bleibst.«

»Wovon, in aller Welt, redest du da, Whippoorwill?« fragt Alice, die nunmehr schon bis zu den Schultern in der Erde versunken ist. »Und was ist so falsch daran, verrückt zu werden?«

»Alice, wenn du so weitermachst, wirst du niemals nach Hause zurückkehren«, krächzt der Papagei. »Dann wirst du auf immer in der Zeit verloren sein.«

»Aber ich bin doch zu Hause«, entgegnet Alice trotzig und versucht, mit dem Fuß aufzustampfen. »Und wenn Zuhausesein dasselbe ist wie sich verlieren, nun, dann möchte ich von Herzen gern auf immer verloren sein!«

»Ich gebe mir alle krächzende Mühe, dich zurück in die Vergangenheit zu bringen«, entfährt es Whippoorwill. »Nur wenn du mir folgst, wirst du rechtzeitig für deinen Schreibunterricht zurück nach Hause kommen.«

»Unterricht! *Pfui* auf den Unterricht! O je, ich habe ein ungezogenes Wort gesagt! Nun, es kümmert mich nicht. Ich will ungezogen sein! Mir gefällt es hier sehr gut. Laß mich versinken, mein gefiederter Freund ...« Und mit diesen Worten versinkt Alice tiefer und tiefer.

»Na schön«, schnäbelt Whippoorwill. »Ich werde dich den Wörmern überlassen. Sollen die Verrückten dich verschlingen. Du willst dich ja anscheinend zum Narren machen.« Und mit diesem gekrächzten Ausruf fliegt der Papagei auf und davon, und Alice ist plötzlich wieder allein: plötzlich allein, bis auf die schmeichelnde Wärme der Wörmer, die sich an ihre Wange schmiegen. Mister Dodgson und ihre Schwestern, Lorina und Edith; sie sind alle verschwunden. Und Alice fühlt sich auf einmal *tatsächlich* so, als ob sie verschlungen würde. In diesem Moment bemerkt Alice *noch etwas gänzlich anderes* am äußersten Rand ihres Blickfeldes. Es bereitet ihr zwar die größte Mühe, ihren Kopf in den Wörmern herumzudrehen, aber irgendwie schafft sie es. Und sie sieht folgendes: Eine große Standuhr ist unvermittelt auf dem Rasen erschienen, nur wenige Meter von Alicens versinkendem Gesicht entfernt. Die Zeiger der Uhr applaudieren der bevorstehenden Ankunft von zwei Uhr. Und dann stimmt der Mund der Uhr ein zweistimmiges Ding-Dong an: Es ist zwei Uhr in Wormland, und aus dem Gehäuse der Uhr springen drei sehr große und sehr runde schwarze Punkte!

»O weh!« ruft Alice erschrocken. »Ich werde bei lebendigem Leib von verrückten Wörmern aufgefressen, ohne jede Hoffnung auf Rettung; und es ist schon zwei Uhr! Ich komme zu spät zu meinem Unterricht! Und wenn ich mich nicht irre, handelt es sich bei diesem Trio aus großen, schwarzen und zornig aussehenden Punkten, die da auf mich zugestürzt kommen, um eine Ellipse! Oh, was für eine abscheuliche Kreatur eine Ellipse ist! Vielleicht sollte ich dieser wormigen Welt entfliehen. Doch wie soll ich das nur anstellen?« Die Wörmer stießen bereits gegen Alicens Nase! »Ich muß mir etwas einfallen lassen!« murmelt sie. »Laß mich mal überlegen … der Worm ist durch meinen Mund in meinen Körper gelangt; wie kann ich diesen windigen, kriechenden Wanderer wieder loswerden? Ich fürchte, nur durch den unaussprechlichen Ausgang.«

(Der unaussprechliche Ausgang ist natürlich der untere Ausgang: jener Ausgang, der so unaussprechlich ist, daß man niemals darüber schreiben darf. Doch wenn meine liebste Alice der Welt der Wörmer nur mittels dieses anstößigen Abgangs entkommen kann, dann sei's drum, denn meine Erzählung muß der Zukunft des Mädchens gelten.)

Mittlerweile (dank meines Hinauszögerns beim Erzählen der Geschichte) versammeln sich die drei Punkte des Ellipsenungeheuers in einem kreisenden Dreieck um Alicens Kopf.

»Ich heiße Punkt«, sagt der erste Kringel.

»Ich heiße ebenfalls Punkt«, sagt der zweite Kringel.

»Ich heiße ebenfalls und ebenfalls Punkt«, sagt der dritte Kringel. Das Trio von kreisrunden Punkten umkreist Alice, immer enger, immer enger …

Alice fühlt sich umzingelt von den Wörmern und den Punkten, und die erstickende Nähe dieser Umzingler macht ihr große Angst; sie ist in der Tat so verängstigt, daß sie den Worm tatsächlich exkretiert.

(Dürfte ich nebenbei erklären, daß das recht ungezogene Wort *exkretieren* aus dem Lateinischen stammt und *trennen* oder *ausscheiden* bedeutet, und wenn ein Wort aus dem Lateinischen stammt, dann kann es doch wohl kaum ungezogen sein, oder? Wollen wir es also höflich dabei belassen, daß Alice sich von dem Worm trennte und diesen über den unaussprechlichen Ausgang aus ihrem Körper ausschied …)

Und durch diesen Ausgang kehrte Alice in ihre winzige Zelle unter dem Polizeirevier zurück. Long Distance Davis lag schneckengleich zusammengerollt in seinem Huthaus auf dem Fußboden und reiste noch immer durch den Wormtraum. Alice schüttelte siebenundzwanzigeinhalbmal den Kopf, um die Überreste der Wormigkeit zu vertreiben, und dann rief sie sich streng zur Raison: »Whippoorwill hatte recht: Ich habe mich bislang zum Narren gemacht. Ich habe zugelassen, daß Fremde mich durch diese zukünftige Welt führten. Von jetzt an werde ich mich selbst führen! Ich werde meinen *eigenen Weg* zurück zu Großtante Ermintrudes Haus finden.«

Alice bemerkte die Puzzleteile, die auf dem Boden verstreut lagen. Sie hob sie sorgfältig auf, fügte das Steinchen aus ihrer Tasche hinzu und gruppierte alle sechs um Whippoorwills stibitzte Feder. Und da fand sie die wahre Antwort auf Whippoorwills letztes Rätsel: Wer hat nur die Hälfte des Ganzen vom Loch? Alice erkannte plötzlich, daß die Betonung auf *Loch* lag, nicht auf *die Hälfte des Ganzen*. Wer hat nur die Hälfte des Ganzen vom *Loch*? So lautete die Frage. Alice wußte nun, daß es sich bei dem Loch, das Whippoorwill in seinem Rätsel gemeint hatte, um das Loch in ihrem Puzzle des Londoner Zoos handelte, oder genauer gesagt, um die zwölf Löcher, die die fehlenden Teile schließen würden.

»Diese ganze Zukunft, in der ich gefangen bin«, rief Alice laut, »ist nichts weiter als ein Puzzle der Vergangenheit. Wenn ich all die verlorenen Teile zusammensammle, dann werde ich vielleicht durch das Loch in der Zeit zurückfinden!« Und sie machte sich daran, die Puzzlesteinchen, die sie bereits beisammen hatte, zu zählen: das Termiten-Teil, das Dachs-Teil, das Schlangen-, das Huhn-, das Zebra- und das Schnecken-Teil. »Das macht zusammen sechs Teile«, addierte sie stolz. »Ich muß also noch weitere sechs finden, denn es fehlten insgesamt zwölf Teile in meinem lang vergangenen Puzzle. Ich *habe* die richtige Antwort auf Whippoorwills Rätsel gegeben, aber die Begründung war völlig falsch. Ich bin das Mädchen, das nur die Hälfte des Ganzen vom Loch hat.«

Alice zermarterte sich das Hirn, um sich an die sechs Teile zu erinnern, die ihr noch fehlten: »Das war eine Spinne aus dem Spinnenhaus und eine Katze aus dem Katzenhaus, aber die befinden sich beide im Besitz der Polizei! Und was ist mit den anderen vier Teilen? Aus dem Aquarium fehlte ein Fisch, dessen bin ich mir sicher, und aus dem Vogelhaus fehlten eine Krähe und ein Papagei, glaube ich. Aber ja, jenes Teil muß Whippoorwill darstellen! Ich muß ihn gewiß einfangen, damit ich rechtzeitig für meinen Schreibunterricht zurück bin. Und ich kenne noch immer nicht die korrekte Verwendung einer Ellipse, obwohl mich im Wormland ein dreipunktiges Ungeheuer fressen wollte! Aber da fehlte doch noch ein anderes Teil. Welches war das nur? Herrje, ich kann mich einfach nicht daran erinnern, so sehr ich mich auch bemühe! Und außerdem, wie soll ich denn diese zerpuzzelten

Geschöpfe finden, solange ich hier im Gefängnis schmachte? Und was ist mit Celia? Ich muß auch noch meine Automatisierte Alice finden. Und ich nehme an, daß ich wohl auch versuchen muß herauszubekommen, wer der wahre Puzzlemörder ist, damit ich meine Unschuld beweisen kann! O je! Ich muß so viele Dinge finden. Ich werde wohl nie nach Hause kommen!«

Just in diesem Moment ging die Zellentür auf. Es war Inspector Jack Russell, der seinen pelzigen Kopf hereinsteckte. »Alice«, bellte er, »komm schnell und beeil dich! Die erhabene Herrin der Schlangen wartet auf dich. Deine Verurteilung wird eine entscheidende Rolle bei ihrer Wahlkampagne spielen.«

Alice fürchtete sich zutiefst vor der Begegnung mit einer so hochrangigen Gesetzesviper, doch es blieb ihr nun einmal keine andere Wahl. In der Tat blieb ihr kaum genug Zeit, um das Hut-Haus des schlafenden Long Distance Davis' zu tätscheln und all ihre Puzzleteile und die Papageienfeder einzusammeln, bevor Jack Russell sie aus der Zelle zerrte. Sie gingen einen langen gewundenen Korridor hinab und eine noch längere Folge von Treppen hinauf. Alice verlor wieder einmal jegliche Orientierung. »Diese Zukunft ist voll von Labyrinthen«, sagte sie zu sich selbst, »es ist ein Wunder, daß überhaupt irgendwer irgendwo ankommt!«

Schließlich wurde sie durch eine Tür mit der Aufschrift VERHÖRKAMMER in einen Raum voller Spiegel geführt. »Warte hier«, knurrte Jack Russell sie an. »Die Obergehilfin wird alsbald hier sein, um dich zu verhören.« Er verließ den Raum und schlug die verspiegelte Tür hinter sich zu. Alice schaute sich um, auf der Suche nach einem Fluchtweg, doch die verspiegelten Wände wiederholten nur immer wieder und wieder ihr Abbild, bis Alice sich ganz in ihrem Spiegelbild verlor. Es gab eine unendliche Anzahl von Alices im Raum!

»Das ist alles zu viel!« reflektierte sie, reflektierte sie, reflektierte sie, reflektierte sie *(ad infinitum)*. »Ich werde in dieser Spiegelkammer niemals mein wahres Ich finden.«

Just in diesem Moment begannen tausend flüchtige Abbilder von Whippoorwill im Raum umherzutanzen!

»O je!« rief Alice, während sie hin und her huschte, um auch nur eins der tausend gefiederten Abbilder einzufangen. »Wie soll ich bloß erkennen, welches der echte Whippoorwill ist?« rief sie, »und welches die unechten? Und überhaupt, ich frage mich, wie wohl das Kollektivum für Papageien lautet?«

»Das Kollektivum«, verkündete eine knarzende Stimme aus dem Nichts, »lautet Pandämonium von Papageien.«

»Wer hat das gesagt?« erkundigte sich Alice verblüfft.

»Celia hat das gesagt«, antwortete die Stimme von tausend Papageien, während sich eins von Alicens Abbildern aus den Spiegeln löste.

»Bist das wirklich du, Celia?« fragte Alice das eigensinnige Spiegelbild.

Worauf die Reflexion reflektierte: ».netter uz hcid mu, nemmokeg nib hcI. aileC hcilkriw nib hci, aJ« Und damit verwandelte sich die Reflexion abermals in ein bloßes Spiegelbild und nahm alle Reflexionen von Whippoorwill mit.

Und dann öffnete sich einer der Spiegel, und eine Schlangenfrau glitt aus dem Spiegelbild des Spiegelbilds einer Schlangenfrau, deren sich windender Leib vage menschliche Gestalt annahm.

Alice war sehr erschrocken. »Was wollen Sie von mir?« fragte sie die Schlangenfrau. »Sind Sie eine Boa Constrictor?«

»Ich bin eine Boa Subtraktor«, erwiderte die Schlangenfrau. »Mein Name ist Mrs. Minus. Ich bin Spitzenkandidat bei der bevorstehenden Wahl für das Amt der neuen Obersten Viper.«

»Was ist mit dem *alten* Obersten Viper passiert?« wollte Alice wissen.

»Er ist an zuviel Addition gestorben. Ich, andererzungs, subtrahiere die Verbrechen dieser Welt: den Puzzlemord an einem Spinnenjungen, zum Beispiel...«

»Aber, verstehen Sie doch, ich war im Jahr 1860, als der Spinnenjunge ermordet wurde!«

»Da mußt du schon etwas Besseres vorbringen, meine kleine Verdächtige!« erwiderte Mrs. Minus und schlang ihre dicken, drosselnden Windungen um Alicens Körper. »Dein Alibi riecht mir doch höchst anrüchig. Du hast bereits den Besitz der mörderischen Puzzleteile gestanden. Ich klage dich hiermit der wahrscheinlichen Beteiligung an einem Mord an. Captain Ramshackle ist der Mörder des Spinnenjungen und des Katzenmädchens; sein erklärtes Ziel ist es, Chaos über diese Welt zu bringen, und *du*, Störenfried Alice, bist die Gehilfin des Dachsmannes bei diesem Unterfangen. Du wirst dafür hingerichtet werden.« Mit diesen Worten zog Mrs. Minus eine furchteinflößend aussehende Pistole aus einer Tasche in ihrer Haut. Sie richtete sie auf Alice...

»Aber ich bin unschuldig!« jammerte Alice. (»Unschuldig... unschuldig... unschuldig...« reflektierten die tausend Spiegel, alle vergebens: Mrs. Minus hatte jedes einzelne Abbild von Alice mit ihren sich immer enger ziehenden Schlingen umklammert.) Doch just in diesem gütigen Moment kam Inspector Jack Russell in den Raum gestürmt.

»Ist mein Wahlkampfmaskottchen schon eingetroffen, Inspector?« fragte die Schlangenfrau.

»Noch nicht, erhabene Herrin der Windungen«, erwiderte Inspector Jack nervös, »aber ich muß einen Ausbruch aus dem Gefängnis vermelden...«

»Wer ist ausgebrochen, Inspector Russell?«

»Captain Ramshackle.«

»Captain Ramshackle! Sie stümpernder Welpe!«

Mrs. Minus gab Alice frei, um ihre windigen Windungen um Jack Russells Körper zu winden. Ein Rudel wilder Polizeihundemänner rannte heulend vorbei, und Mrs. Minus und Inspector Jack Russell schlossen sich ihnen eilig auf ihrer Suche nach Captain Ramshackle an. Alice spähte derweil verstohlen aus der Spiegelkammer den Korridor hinunter. In weiter Ferne sah sie Long Distance Davis fliehen (beachtlich schnell für eine Schnecke!). Auf der gegenüberliegenden Seite des Korridors gab es eine weitere Tür. Diese trug als Aufschrift die Zahl fünfundvierzig und die Worte BEWEISSTÜCKKAMMER, und durch diese fünfundvierziger Tür schlüpfte Alice nun, um vor der Polizei zu flüchten.

Begegnung um zwölf Uhr mittags

Die Beweisstückkammer war eisig kalt, und Alice fröstelte, sobald sie die Tür hinter sich geschlossen hatte. Sie zog ihr rotes Trägerkleid fest um sich (nicht, ohne zuvor ihre Taschen abzutasten, zur Vergewisserung, daß die sechs Puzzleteile und die Feder noch immer sicher darin verwahrt waren) und wagte sich weiter in die Kälte vor.

Die Beweisstückkammer war von Wand zu Wand mit Regalen gesäumt und mit großen Tischen vollgestellt, die mit einer Ausnahme allesamt leer waren: Auf diesem Tisch deckte ein weißes Laken einen unebenen Umriß zu. Alice bemerkte, daß das Laken mit einem Etikett etikettiert war, beschriftet mit der Aufschrift Whiskers Macduff. Alice hob zaudernd das Laken...

Und dann schrie Alice, wie sie noch nie zuvor in ihrem Leben geschrien hatte! »Bei meinen Kätzchen!« gellte ihr erstickter Schrei. Sie sprang entsetzt vom Tisch zurück, stolperte über ihre eigenen Beine und landete holterdiepolter auf dem Fußboden!

Der Grund für Alicens Mißgeschick war, daß sie unter dem gelupften Laken den toten und neu zusammengesetzten Körper des Katzenmädchens, Whiskers Macduff, enthüllt hatte. Alice hatte noch nie zuvor etwas Totes gesehen, und der Anblick ließ ihr die Knie weich werden. »Ich muß ein starkes kleines Mädchen sein!« sagte sie sich, während sie sich wieder vom Boden aufrappelte. »Ich muß mich erwachsen machen!« Alice zwang sich, die Leiche anzusehen. Das Gesicht des Katzenmädchens war mit einem zarten orangebraunen Fell überzogen, aus dem zwei erschreckte, leblose Menschenaugen starrten. Der Kopf des Katzenmädchens war auf den Scheitelpunkt zwischen ihren pelzigen Beinen gepflanzt; ihre Schnurrhaare sprossen aus ihren Schenkeln; ihre Hinterpfoten wuchsen aus ihrer orangebraunen Brust. Ihre pelzigen Ohren ragten gespitzt rechts und links aus ihren Ellenbogen (das heißt, wenn Katzen überhaupt Ellenbogen haben; Alice war sich dessen nicht gewiß). Und am linken Ohr des Katzenmädchens hing, angeheftet mit einer Sicherheitsnadel aus Messing, ein kleiner Leinenbeutel. Die immer neugierige Alice durchsuchte den Inhalt des Beutels und fand ein Teil von einem hölzernen Puzzle. Sie entschied zu recht, das Puzzleteil, welches das goldene Auge einer Wildkatze zeigte, zu behalten. Alice fügte dieses Fragment der Sammlung in ihrer Tasche hinzu. Sie hatte nun sieben Teile des Puzzles beisammen. Alice hatte also schon mehr als die Hälfte ihrer Suche hinter sich gebracht!

Doch es war so kalt in dem eisigen Raum, daß Alicens Tränen Eiszapfen bildeten. Sie beschloß deshalb, einen Fluchtweg zu suchen. »Ich kann eindeutig nicht durch die Tür flüchten, durch die ich hereingekommen bin«, bibberte sie; »diese abscheulichen Polizeihundemänner könnten noch immer dort draußen lauern. Aber es scheint keine andere Tür zu geben! Was soll ich jetzt nur machen?« Sie schaute sich noch immer suchend um, als die einzige Tür aufging und ein sehr müde aussehender, alter Bluthundmann hereingeschlurft kam! Er trug einen gestärkten, makellos weißen Kittel, und sein längliches Gesicht hatte den Ausdruck eines geprügelten Hundes, unterstrichen von dem traurigen Dackelblick seiner tränensackbehangenen Augen, einer triefenden feuchten Nase und einer lang heraushängenden rosa Zunge. Dieses Geschöpf reckte zweimal schnüffelnd die Schnauze in die Luft und knurrte dann kehlig: »Wer, in aller Eisigkeit, bist du?«

»Ich bin die eisige Alice«, erwiderte Alice, »und wer sind Sie?«

»Mein Name ist Doktor Sniffer«, entgegnete der Bluthund schnüffelnd. »Ich bin der Oberleichenbeschauer. Was machst du da neben meiner nächsten Arbeit? Und warum ist die Leiche aufgedeckt?«

»Ich war nur neugierig«, antwortete Alice recht wahrheitsgemäß.

»Neugier war der Katze Tod«, knurrte Sniffer und trat vor, um die Leiche des Katzenmädchens auf unbefugte Übergriffe zu untersuchen. »Ich hoffe doch, daß du nicht zu neugierig warst?«

»Natürlich nicht«, versicherte Alice (nicht ganz so wahrheitsgemäß). »Ich habe lediglich versucht, den Grund herauszufinden, weshalb das Katzenmädchen ... ich meine ... den Grund, weshalb sie sterben mußte ...«

»Das ist meine Aufgabe, meine Kleine! Und du behinderst meine Untersuchung!«

Da trat Alice zurück und schaute beklommen zu, wie Doktor Sniffer einige Locken orangebraunen Fells von der Leiche von Whiskers Macduff abschnitt. Diese Locken betrachtete er anschließend unter einem Mikroskop. (Glücklicherweise machte er sich nicht die Mühe, den Inhalt des kleinen Leinenbeutels zu untersuchen.) »Dies ist ein höchst mysteriöser Fall«, knurrte Sniffer schließlich. »Wir können nicht mit Gewißheit feststellen, wie die Opfer starben, nur daß ihre Körper auf seltsame Weise zerlegt und wieder zusammengepuzzelt wurden. Der Hauptverdächtige ist ein gewisser Captain Ramshackle, doch er scheint uns entkommen zu sein. Sapperlot auch! Aber egal: Ich muß nur den Hauch einer Spur von Dachsfell an der Leiche finden.« Sprach's und drehte dabei an dem geriffelten Knauf seines Mikroskops.

»Ich glaube nicht, daß Captain Ramshackle der Schuldige ist«, erklärte Alice.

Doktor Sniffer hob seinen Kopf vom Mikroskop und musterte Alice durchdringend. »Das habe ich zu entscheiden, meine Kleine! Schließlich bin ich der Oberleichenbeschauer, oder nicht?«

»Sie sind der oberste Oberleichenbeschauer«, bestätigte Alice, dann fügte sie hinzu: »Können Sie mir deshalb vielleicht auch sagen, wo ich das erste Opfer des Puzzlemörders finde?«

»Der Spinnenjunge namens Quentin Tarantula ist bereits vor etlicher Zeit durch meine Pfoten gegangen, fürchte ich; seine Leiche wurde begraben.«

»Und was ist mit den Beweisstücken, die an seiner Leiche entdeckt wurden?«

»Die gehören nun den Gesetzesvipern: Die Großen Schlangen nehmen ihre eigene Untersuchung der Beweisstücke vor.«

»Dann findet sich das Puzzleteil des Spinnenjungen also im Rathaus?«

»Ganz genau!« antwortete Doktor Sniffer. »Und ganz genau dort: tief unten unterhalb des Rathauses.«

»O je«, seufzte Alice. »Ich werde Mühe haben, es zu finden.«

»Und dürfte ich wohl fragen«, schniefte Doktor Sniffer, »was du in meiner Beweisstückkammer machst?«

»Ich suche nach einem Ausgang«, antwortete Alice artig.

»Es gibt nur zwei Ausgänge aus diesem Raum: Der erste führt durch die Vordertür.« Sniffer zeigte mit einer schlaffen Pfote auf die Tür, durch die Alice hereingekommen war.

»Und wo befindet sich der zweite Ausgang?« fragte Alice (etwas zu begierig).

»Durch diese Tür hier, natürlich«, antwortete Sniffer und tippte mit seinen Klauen auf die eiserne Falltür, die in den Boden der Beweisstückkammer eingelassen war. »Dort hinein werfe ich die Leichen, wenn ich mit meiner Untersuchung fertig bin.« Sniffer öffnete die Falltür und gab den Blick auf ein gähnendes Loch im Boden frei. »Das ist der einzige andere Weg aus dem Raum«, knurrte er Alice an.

»Diese Öffnung führt direkt auf den Friedhof, aber man muß offiziell tot sein, um so weit zu kommen.«

»Aber ich *bin* offiziell tot!« rief Alice triumphierend (und verzweifelt darauf versessen, endlich aus der Beweisstückkammer zu entfliehen).

»Mir scheinst du aber ziemlich lebendig«, knurrte Sniffer.

»Ich wurde 1852 geboren! Was bedeutet, daß ich einhundertachtundvierzig Jahre alt bin! So alt kann doch wohl niemand sein, Doktor Sniffer?«

»Dann solltest du in der Tat mittlerweile ausgesprochen tot sein, Alice. Aber kannst du mir denn dein Alter auch beweisen? Hast du zum Beispiel deine Geburtsurkunde dabei?«

»Ich fürchte nein«, gestand Alice, »aber ich habe das hier...« Sie kramte Whippoorwills verlorene Feder aus ihrer Trägerkleidtasche.

»Nun denn, laß sie mich untersuchen«, knurrte Sniffer und nahm Alice die Feder aus der Hand, um sie unter sein Mikroskop zu legen. »Aber das ist unmöglich!« bellte er kurz darauf, als er sein triefendes Auge wieder vom Objektiv löste. »Meiner forensischen Untersuchung zufolge stammt diese Feder von einem Papagei, der im Jahr 1860 lebte! Entweder bist du eine wahrhaft besessene Sammlerin von gefiederten Antiquitäten aus dem neunzehnten Jahrhundert, oder du hättest schon vor sehr, sehr langer Zeit gestorben sein müssen.«

»Glauben Sie mir *jetzt*, Doktor Sniffer?«

»Aber dann mußt du ein Gespenst sein, der bloße Schatten eines Mädchens!«

Alice zog die Feder unter dem Mikroskop heraus und sagte dann. »Ich fühle mich tatsächlich ganz so wie ein Schatten meiner selbst! Ich fühle mich so, als wäre ich weder hier noch dort, oder irgendwo, wenn man es genau betrachtet!«

»Meine arme Kleine, wie traurig das sein muß.« Lange triefende Tränen rannen über die Tränensäcke des Doktors.

»Würden Sie mich bitte zum Friedhof bringen, Doktor Sniffer«, flehte Alice, »damit ich mein wahres Zuhause finden kann?«

»Na gut, also schön dann! Aber beeil dich, Kind, bevor die Gesetzesvipern meine Regelwidrigkeit entdecken.« Und mit diesen Worten schubste Doktor Sniffer Alice durch das gähnende Loch im Boden.

Und so kam es, daß Alice einen langen Schacht aus Dunkelheit hinabrutschte.

Durch Dunkelheiten und Dunkelheiten und Aberdunkelheiten rutschte Alice; bis sie schließlich aus dem unteren Ausgang des Schachts heraus und geradewegs in einen hölzernen Karren hinein rutschte, der an dem Hinterteil eines abscheulichen schwarzen mechanischen Auto-Pferds festgemacht war. Sie landete auf einem Berg von großen gefüllten Säcken, die unter ihrem Gewicht gar grausig sapschten und matschten. Alice wollte gar nicht darüber nachdenken, was in diesen Säcken sein mochte, denn der Gestank, den ihr Inhalt verströmte, war nasenbetäubend! Sie entschied, von dem Karren zu klettern, und genau das hätte sie auch getan, wenn nicht just in diesem Moment das Auto-Pferd losgaloppiert und wie ein Sausewind die Straße hinuntergeprescht wäre, noch dazu ganz ohne Kutscher oder Lenker!

Binnen fünfeinhalb durchgeschüttelter Sekunden wurde Alice um einen Platz namens Albert Square herumgefahren, an dem das Rathaus von Manchester in all seiner Pracht stand. »Mich dünkt, dieses Auto-Pferd ist überhaupt kein Pferd!« erklärte sie sich selbst. »Dieses Auto-Pferd ist ein Auto-Leichenwagen! Ich glaube nicht, daß ich jetzt schon auf dem Friedhof abgeliefert werden möchte!« Alice sprang aus dem hölzernen Leichenkarren, der noch immer unaufhaltsam die Straße entlangjagte. Bei der Landung schrammte sie sich leicht das rechte Knie auf, doch das war ein geringer Preis dafür, einem viel zu frühen Besuch auf dem Friedhof zu entrinnen! Leider gab es da noch einen höheren Preis zu zahlen: Ohne ihr Wissen war Whippoorwills grün-gelbe Feder während des Falls ihrer Tasche entfleucht.

Der Auto-Leichenwagen galoppierte um die nächste Straßenecke davon und ließ die noch immer quicklebendige Alice auf dem Albert Square zurück. Es hatte mittlerweile aufgehört zu regnen, und der Platz war voll mit Leuten, die den mittagspausigen Sonnenschein genossen. Dabei handelte es sich natürlich nicht um die Art von Leuten, an die Alice gewöhnt war, denn alle von ihnen schienen einen animalisierten Teil an ihrer Anatomie zu besitzen. Da waren mehrere Eichhörnchenmänner auf dem Platz; da waren Straußenmänner auf dem Platz. Da waren auch Lama- und Ziegen- und Käfer- und Rinder- und Hunde- und Schlangen- und Forellen- und Gorilla- und Antilopen- und Spatzen- und Silberlöwen- und Puter- und sogar Quallenmänner und -frauen auf dem Platz. Und all diese merkwürdigen Kreuzungen stopften sich mit fettigen Fleischklopsen und frittierten Kartoffelstreifen voll!

Alice begegnete auf dem Albert Square auch etlichen noch seltsameren Geschöpfen: Leuten, die aus Gegenständen zusammengestückelt waren. Klaviermädchen, zum Beispiel, und Seifenjungen, Gardinenmädchen und Kleiderschrankkindern. »Wie es scheint, ist alles außer einer Küchenspüle zu einem akzeptablen Teil des menschlichen Körpers geworden!« Alice hatte diesen zufälligen Gedanken noch nicht ganz zu Ende gedacht, als sie inmitten der Menge unversehens einen Mann mit einer Küchenspüle anstelle seines Kopfes erspähte!

Dieses glucksende Geschöpf tröpfelte an Alice vorbei und stopfte sich dabei im Gehen ein Sandwich in seinen Ausguß. Alice lief so schnell sie konnte davon! (Was bei weitem nicht schnell genug war, aufgrund der eng verwobenen und verschrobenen Natur der Menge.) Alice mußte sich förmlich einen Weg hindurchpflügen zwischen Vogelkäfigmädchen und Briefkastenburschen und den mutierten Brillenmännern und den Zeitungsjungen aus Fahrrad und Knochen! Alice fühlte sich unendlich einsam, während sie sich durch diese Menge aus befremdlich fremdartigen Fremden schob, besonders da sie alle so auf sie eindrangen und sie so anstarrten und ihr so manches Schimpfwort zuflüsterten!

So als wäre Alice der Fremdling unter ihnen!

»Die Krankheit namens Neumonie scheint beinahe alles befallen zu haben!« seufzte Alice. »Derart viele von diesen Geschöpfen erinnern an Pablo Ogdens Skulpturen, doch sie scheinen gänzlich real, statt gänzlich automatisiert. Ich vermute, daß ich mich einfach bemühen muß, die Blicke und die Zuflüsterungen zu ignorieren und meine Suche nach Whippoorwill und Celia und den fünf verbleibenden Puzzleteilen fortzusetzen. Aber die Polizei wird nach Captain Ramshackle suchen, und sie wird auch nach mir suchen!«

Tatsächlich bemerkte Alice just in diesem Moment einen knurrenden Polizeihundmann am Rand der Menge, daher stürzte sie sich eilig tiefer in das Getümmel aus Fremdartigkeit, in der Hoffnung, dort verschnaufen zu können. Doch die Menge rückte und drückte von allen Seiten so auf sie ein, daß Alice schließlich gegen eine steinerne Statue in der Mitte des Albert Squares gequetscht wurde. Alice bemerkte, daß die Statue das ebenbildige Abbild von Albert Franz August Karl Emanuel von Sachsen-Koburg-Gotha war: mit anderen Worten, Prinz Albert, dem Gemahl von Königin Viktoria von Großbritannien. »Deshalb heißt dieser Platz also Albert Square«, erkannte Alice. »Prinz Albert muß vor sehr, sehr langer Zeit gestorben sein, ebenso wie *ich* vor sehr, sehr langer Zeit gestorben sein muß; schließlich beginnen unsere Namen mit demselben Silber.« (Silber ist natürlich ein Edelmetall, das vor allem – doch nicht ausschließlich – bei der Herstellung von Schmuck Verwendung findet; ich nehme stark an, daß unsere Heldin eigentlich Silbe hatte sagen wollen!) »Alice und Albert«, fuhr Alice fort; »vielleicht hatte ich recht, als ich Doktor Sniffer gegenüber vorgegeben habe, daß ich tot wäre...«

Alice wurde von tiefer Trauer ob ihres eigenen Ablebens übermannt. »Bin ich tot, oder bin ich nicht tot?« fragte sie sich erschüttert. »Und wann ist ein Garten kein Garten? Und ist eine Bohne da, oder ist eine Bohne nicht da?« Sie war ganz verwirrt von ihrer eigenen Bohnität.

Doch Alice steckte ihre Verwirrung eilig weg, denn sie war fest entschlossen, einen Weg aus diesem rätselhaften Puzzle zu finden. Sie setzte sich abermals in Bewegung und marschierte quer durch das wimmelige Gewimmel, bis sie schließlich das prächtige Portal des Rathauses erreichte. Hier traf sie auf einen livrierten Türsteherhund – halb Mann, halb Wachhund –, der barsch nach ihrem Namen und ihrem Anliegen fragte. »Mein Name ist Alice«, erklärte Alice, »und mein Anliegen besteht darin, mir ein spinniges Puzzleteil zurückzuholen, welches rechtmäßig mir gehört. Ich glaube, daß die Gesetzesvipern es im Rathaus aufbewahren.«

»Ich fürchte, ich kann dich nicht hineinlassen«, knurrte der Türsteherhund. »Da könnte ja jeder hergelaufene Knochen kommen. Du hast hier nichts zu suchen!« Und dann knurrte der Türsteherhund so furchterregend, daß Alice gezwungen war, rücklings zurück in die Menge aus Neumoniekranken zu laufen, die mittlerweile von einem ganzen Rudel von Polizeihundemännern durchschnüffelt wurde, die allem und jedem Fragen stellten. Alice beschloß, sich hinter einer recht farbenfrohen Regenschirmfrau zu verbergen. »Ich komme einfach nicht weiter«, jammerte sie, sobald sie sich versteckt hatte. »Die Zukunft scheint gänzlich gegen mich zu sein; wie kann ich da nur hoffen, hier und jetzt meine Vergangenheit wiederzufinden?« Alicens Blick fiel auf die große, eindrucksvolle Uhr, die den Turm des Rathauses zierte; es ging mit Riesenschritten auf Mittag zu. »O je!« addierte und subtrahierte Alice eilig. »Ich muß *Stunden und Aberstunden* in dem Polizeigefängnis verbracht haben! Es geht auf Punkt zwölf zu, und in fast genau zwei Stunden und auch vor fast genau einhundertvierzig Jahren hätte ich bei Großtante Ermintrudes Schreibunterricht sein müssen!«

Just in diesem Moment bemerkte Alice eine einzelne grüngelbe Feder, die über dem Platz schwebte. »Aber die sieht ja aus wie eine von Whippoorwills Federn«, rief sie. »Vielleicht fliegt der ganze Papagei irgendwo über diesem Platz herum!« Und Alice schaute sich suchend nach Whippoorwill um, doch es war nur jene einzelne Feder von ihm zu sehen, die auf einer sanften Brise dahinschwebte. »Whippoorwill!« rief Alice der einzelnen Feder zu (da es nichts anderes gab, dem sie es hätte zurufen können), »wenn du weiter in dieser Weise Federn verlierst, wirst du schon sehr bald nicht mehr fliegen können!« Und sie angelte in ihrer Trägerkleidtasche nach *ihrer* Feder. Natürlich fand sie nur die sieben Puzzleteile. »Ach, herrjemine!« jammerte Alice. »Das ist ja meine Feder, die dort oben schwebt! Ich muß sie verloren haben, als ich aus dem Auto-Leichenwagen gesprungen bin!« Alice streckte die Arme in die Luft, um die Feder wieder einzufangen, doch so sehr sie sich auch reckte, sie kam nicht ganz heran.

Und als sie sich gerade zu höchsten Höhen erhoben hatte, um nach Whippoorwills flüchtiger Feder zu greifen, begann die Rathausuhr gemessen, die klingenden Noten ihres Mittagsgeläuts zu ding-dongen. Beim allerersten Glockenschlag fühlte Alice, wie eine sanfte Hand ihre Schulter tätschelte. Sie war überzeugt, daß es die Pfote eines Polizeihundemannes wäre, der sie verhaften wollte, und sie stieß sie weg. Doch als sich Alice schließlich umdrehte, um sich dem Tätschler von Angesicht zu Angesicht zu stellen, wie groß war da ihre Überraschung, als sie eines normalen Mannes angesichtig wurde. Dieser normale Mann war ganz und gar und gänzlich ein normaler Mann – ohne den kleinsten Hauch von Animalität –, und er trug einen dunkelblauen, samtigen Anzug und eine dunkelblaue, samtige Mütze. Über seiner linken Schulter hingen die Riemen eines dunkelblauen, samtigen Beutels. Alles an ihm war samtig!

»Wer sind Sie?« fragte Alice.

»Man nennt mich Zenith O'Clock«, antwortete der normale Mann.

»Wer tut das?«

»*Time* nennt mich Zenith O'Clock, weil ich auf diese Minute genau vor vierzig Jahren geboren wurde, als die Sonne in ihrem Zenit stand.« Er streckte seinen Arm aus und zeigte auf die Rat-

hausuhr (die so unendlich gemessen das zweite ihrer ein Dutzend Ding-Dongs läutete).

»Sie haben heute Geburtstag?« rief Alice.

»Es ist in der Tat der Jahrestag meiner Geburt.«

»Herzlichen Glückwunsch, und mögen Sie diesen Tag noch recht oft feiern!«

»Ich hoffe doch inständig, daß ich diesen Tag nie wieder durchleben muß.«

»Aber warum denn das?«

»Heute ist ein ganz furchtbarer Tag für mich, ein wahrlich furchtbarer Tag, sage ich dir! Und ich bin zutiefst traurig darüber, ihn zu erleben. Dein Name ist Alice, stimmt's? Dein voller Name lautet Alice Pleasance Liddell?«

»Mein voller Name lautet *tatsächlich* Alice Pleasance Liddell. Aber woher, in aller Welt, wissen Sie das?«

»Ich bin dir früher schon begegnet, allerdings nur in Büchern.«

»Nur in Büchern?« wiederholte Alice.

»Nur in Büchern, wie du sagst. Nur! Bücher sind niemals nur; sie können nur immer sein. Ach, aber all dies Gerede von Büchern weckt nur von neuem meinen Kummer!«

»Aber heute ist doch Ihr Geburtstag, Mister O'Clock!« rief Alice; »an diesem Tag sollten sie nur glücklich sein!«

»Ich kann nicht glücklich sein«, erwiderte Zenith, »denn ich leide an einer schrecklichen Krankheit.«

»Ich finde, daß Sie vollkommen gesund aussehen«, erklärte Alice. »Ich bin froh, einem anderen rein menschlichen Wesen begegnet zu sein. Sie leiden doch wohl kaum an Neumonie?«

»Ich habe eine weit tödlichere Krankheit: Ich bin nämlich von Grillen befallen, mußt du wissen.«

»Sie sind von Grillen befallen?« wiederholte Alice.

»So ist es! Die Grillen sind eine wahre Plage! Immer wieder fällt es über mich her, jenes alles verzehrende Heer von Kritikerinsekten. Ich bin nämlich Schriftsteller, mußt du wissen.«

»Und was schreiben Sie, Mister O'Clock? Zeittafeln?« (Alice war höchst zufrieden über ihren Scherz.)

»Nein, nein«, erwiderte Zenith. »Ich mußte feststellen, daß es unmöglich ist, die Zeit auf Tafeln festzuhalten, obgleich ich es durchaus einmal versucht habe. Tafeln sind viel zu hölzern und plan dafür, außer sie sind Schiefer.«

»Also, was schreiben Sie dann?« ließ Alice nicht locker. »Romane oder Sachbücher?«

»Ich schreibe weder Romane noch Sachbücher. Ich habe jeglicher Fiktion abgeschworen und schreibe lieber Friktion.«

»Und was, bitte, ist Friktion?«

»Ich schreibe in einer Sprache namens Friktional. Ich bin ein Unrechtschreiber.«

»Was, in aller Welt, ist denn ein Unrecht?«

»Ein Unrecht ist ein Buch, das die Grillen nicht für rechtens erachten, da sie es lieber sehen, wenn Geschichten in Simpel, statt in Friktional erzählt werden. Sie reiben ihre vertrockneten Flügel aneinander, diese Grillen, und zirpen damit abscheuliche Rezensionen meiner Werke im Blätterwald.«

»Aber was ist denn so schlimm an Ihren Unrechten?« fragte Alice.

»Nun, ich habe bis jetzt zwei Unrechte geschrieben: Das erste hieß *Shelp*, und das zweite hieß *Polhäm*. Und die Grillen haben beide gehaßt. Das ist der Grund, warum ich an meinem Geburtstag so traurig bin.«

»Haben Sie immer so merkwürdige Titel für Ihre Bücher?«

»Ich kann nicht anders, fürchte ich. Ich kann einfach nichts recht machen. Soll ich dir eine kurze Passage aus einem meiner Bücher vorlesen?«

»Wenn Sie möchten«, erwiderte Alice.

Daraufhin griff Zenith in seinen samtigen Beutel und holte eine Ausgabe des Buches namens *Shelp* hervor. Es hatte einen leuchtend himmelblauen Einband, verziert mit einem schimmernden

Paar gelber Hemden. Zenith blätterte die Seiten seines Buches durch, bis er die gesuchte Passage fand. »Dies ist ein Liebesgedicht mit dem Titel ›Nichts reimt sich auf Orange‹. Bist du bereit dafür, Alice?«

»Ich hoffe doch: Mal abgesehen davon, daß *Nichts* sich überhaupt nicht auf *Orange* reimt.«

»Ausgezeichnet! Dann werde ich jetzt beginnen...«

Und dies ist das Gedicht, das Zenith vorzulesen begann:

»Nichts reimt sich auf Orange,
es sei denn vom Kilt die Tasch',
denn wird der Sporran gelettert zu lasch,
wird er zur Sporrange rasch.«

»Wie gefällt es dir bis jetzt, Alice?« erkundigte sich Zenith.

»Nun«, antwortete Alice zögernd, »Sie sagten mir, es wäre ein Liebesgedicht, aber ich kann keine Spur von Liebe in den Worten entdecken.«

»Aber das war ja nur die erste Strophe.«

»Wie viele Strophen sind es denn, alles zusammen?«

»Bloß zwei.«

»Was für ein Glück!« frohlockte Alice (ganz leise zu sich selbst).

Und dies ist das Gedicht, mit dem Zenith fortfuhr:

»Eine Orange reimt sich auf nichts!
So rufen die Leute in Ignoranz:
Doch vergessen sie in ihrer Ignorange
des Wortspiels hehre Eleganz.«

Nachdem er sein Gedicht beendet hatte, sah Zenith mit erwartungsvollem Blick Alice an. Die Menge auf Prinz Alberts Platz zog sich enger um Alice zusammen, und dieser war höchst unbehaglich zumute bei dem Gedränge und der erneuten Bitte um ihre ehrliche Meinung. »Nun«, setzte sie an, »ich fürchte, ich verstehe noch immer nicht, warum Sie es ein Liebesgedicht nennen.«

»Weil ich ganz verliebt bin in Sprache! Erkennst du das denn nicht?«

»Erlaubt Ihnen diese Liebe, Worte wie Sporrange und Ignorange zu erfinden, nur damit sich Orange auf irgendetwas reimt?«

Zenith schaute recht bestürzt drein ob dieses Ausbruchs von Grillenkrittelei, und Alice bereute schon, ihm ihre Meinung gesagt zu haben. »Aber diese Worte sind meine eigene Schöpfung!« stammelte Zenith. »Es sind friktionale Worte: Ich habe sie gezeugt; ich habe sie geboren! Ich *nährte* diese Worte, damit sie groß und stark und mächtig wurden; damit sie eines Tages ihren Eingang in ein Simpel-Wörterbuch finden würden! Das ist mein größter Wunsch, mein ganzes Begehren, Alice: Ich spiele des Nachts zweimal – ja oft gar dreimal – mit alten Worten, nur damit sie neue Worte gebären. Aber du – ganz besonders du, Alice –, du mußt doch mein Verlangen verstehen; wo du schließlich so eng mit Charles Dodgson befreundet warst?«

»Sie wissen von Mister Dodgson?« fragte Alice erstaunt.

»Ich weiß alles über *dich*, Alice«, erwiderte Zenith. »Ich habe Abbilder von dir in den Büchern mit den Titeln *Abenteuer im Wunderland* und *Hinter dem Spiegel* gesehen. Charles Dodgson hat sie beide über dich geschrieben.«

»Das weiß ich bereits!« erklärte Alice ungeduldig.

»Aber als Charles Dodgson über dich schrieb, nannte er sich Lewis Carroll: Denn er hatte, wie ich, beschlossen, sich hinter einem *nom de plume*, was wörtlich übersetzt ›Federname‹ bedeutet, zu verstecken.«

»Also heißen Sie nicht wirklich Zenith O'Clock?«

»Natürlich nicht. Das wäre doch wahrlich ein lächerlicher Name!«

»Und wie lautet dann Ihr wirklicher Name?«

»Du willst meinen *nom de real* wissen, Alice? Den kann ich dir nicht verraten. Aber was machst du eigentlich hier in Manchester, Alice, und was, bei allen Jahrhunderten, gerade im Jahr 2000?«

»Ich bin durch das Uhrwerk einer Standuhr gefallen«, erklärte Alice. »Und ich muß rechtzeitig für meinen Schreibunterricht um zwei Uhr wieder daheim sein.«

»Vielleicht solltest du deine Geschichte in der Zentralbibliothek nachschlagen.«

»Und warum sollte meine Geschichte in der Bibliothek stehen?« verlangte Alice zu wissen.

»Weil du in dieser jetzigen Zeit berühmt bist, Alice. Die Geschichte deines Lebens ist in einem Buch namens *Die Realität der Realicesierung* niedergeschrieben.«

»Was, in aller Welt, bedeutet denn *Realicesierung*?«

»Realicesierung ist eine besondere Art von Realität: die Welt der Phantasie. Sie ist so viel mächtiger als das alltägliche Leben! Nimm doch nur einmal deine Fähigkeit, dich mit mir zu unterhalten, Alice, so viele Jahre nach deinem wirklichen Leben! Vielleicht sollte ich mein drittes Buch über dich schreiben. Ich würde es *Hinter dem Uhrwerk, und was Alice dort fand* nennen.«

»Das ist aber ein dummer Titel, Mister O'Clock! Ich habe doch so gut wie nichts auf meinen Reisen jenseits der Uhr gefunden: Ich muß noch immer fünf Puzzleteile finden und meinen Papagei namens Whippoorwill und meine Puppe namens Celia, die eine Art Automatisierte Alice ist.«

»Automatisierte Alice... hmmm... das bringt mich auf eine neue Idee... ich werde eine Fortsetzung schreiben!«

»Wenn Sie tatsächlich ein so kluger Schriftsteller sind, Mister O'Clock«, fragte Alice, »könnten Sie mir dann wohl bitte sagen, was eine Ellipse ist?«

»Eine Ellipse sind die drei Punkte, die ein Schriftsteller einsetzt, um die Aussparung von Worten anzuzeigen, einen gewissen nachhängenden Zweifel am Ende eines unbeendeten Satzes...«

»Vielen, vielen Dank! Nun habe ich wenigstens *eins* von meinen verlorenen Dingen gefunden!« Und dann fand Alice ein weiteres dieser verlorenen Dinge, denn unvermittelt schwebte eine Feder auf den Platz herunter, geradewegs in Alicens Hände. »Das ist eine Whippoorwill-Feder!« rief Alice.

»Whippoorwill?« wiederholte Zenith. »Was für ein wunderbarer *nom de plume*. In meiner Fortsetzung werde ich diese Feder in eine Kitzelkarte für dich verwandeln.«

»Wofür sollte ich denn eine Kitzelkarte brauchen?« erkundigte sich Alice.

»Das ist die einzige Hilfe, die ich dir geben kann, Alice; verstehst du mich? Sonst würde mich das Zufallsaufsichtsamt auf der Stelle verhaften. Oh, aber mir ist gerade etwas aufgegangen: Vielleicht schreibe ich bereits ein Buch mit dem Titel *Alice im Automatenland* und wir beide sind bloß Charaktere darin?«

Alice wollte gerade fragen, was er damit meinte, doch genau in diesem Moment ließ die Rathausuhr das zwölfte ihrer verlangsamten Ding-Dongs erklingen, und der Schriftsteller legte Alice abermals sanft seine Hand auf die Schulter. Es war zwölf Uhr mittags. Es war eine sehr zärtliche Berührung, der Atemhauch der Freundschaft inmitten von Fremden… und dann war er verschwunden…

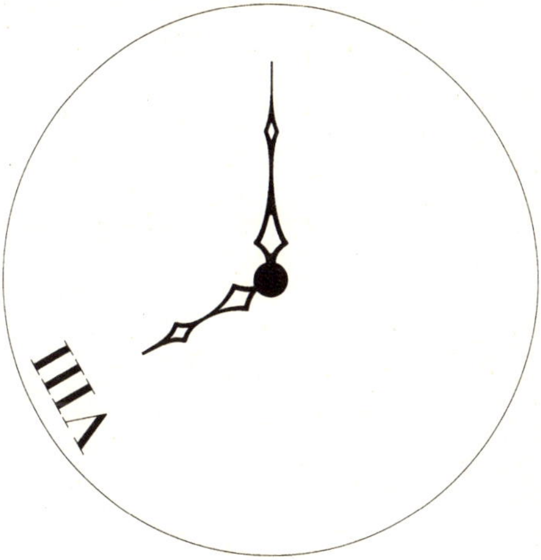

Alice schlägt sich selbst nach

Wie traurig Alice war, abermals ohne Mister O'Clocks tröstliche Normalität inmitten des wühligen Gewimmels dieser kunterbunt vermischten Menge zu stehen, dieser sich beständig wandelnden Masse, die von allen Seiten gegen ihr zartes Fleisch preßte. Ja, in der Tat, preßte und preßte und *preßte*! Alice hatte das Gefühl, sie würde von Fremdartigkeit erdrückt werden! Aber zumindest wußte sie nun, was eine Ellipse war, oder zumindest vermeinte sie es zu wissen. »Wenn ich doch nur vor zwei Uhr meinen Weg zurück nach Hause finden würde«, verkündete sie der Allgemeinheit, »dann könnte ich meine Hausaufgaben machen! Aber zuerst muß ich immer noch Whippoorwill und Celia finden, bevor ich nach Hause kann. Wo können sie nur sein?« Alice schaute sich suchend auf dem Platz von Prinz Albert um, bis ihre Augen vor lauter Tränen überliefen. »O je!« schluchzte sie. »Ich weine so sehr, daß schon der ganze Platz unter Wasser steht!«

Albert Square stand tatsächlich unter Wasser, aber es waren nur die Tränen des Himmels, die von neuem herabfielen. Alice schaute recht belämmert drein, als sie erkannte, daß es nur der Regen war, der den Platz überlaufen ließ, und nicht ihre Tränen. (Hast du je ein Lamm im Regen gesehen? Nun, ganz genauso schaute Alice in diesem Moment drein.) Die versammelten Animalischen, Animierten, Animänner, Anifrauen und Anisogamen stürzten vom Platz, um dem Regenguß zu entkommen, so daß Alice wieder einmal allein zurückblieb.

Doch nicht gänzlich allein. Da war ja Whippoorwill! Er flatterte über den Platz, und sein Flattern war mehr als erbärmlich, denn der viele Regen hatte seine Flügel durchnäßt. Alice streckte eilig die Arme aus und versuchte, ihn einzufangen; um genau zu sein, Alice mußte es nicht einmal versuchen, denn das Gefieder des Papageien war völlig mit Nässe vollgesogen: Alice fing ihn mühelos ein. »Whippoorwill!« schalt sie den Papagei, »schau dir nur mal an, wie du aussiehst! Was wird bloß Großtante Ermintrude sagen, wenn ich nach Hause komme? Du wirst doch jetzt mit mir nach Hause kommen, oder?«

Worauf der Papagei überhaupt keine Antwort gab, außer daß er sie schief anguckte und ein weiteres Rätsel krächzte. »Sag mir, Alice, wer lebt zwischen einer krakophonen Rhapsodie und Ungarns berühmtestem Stethoskop?«

»Nun...«, setzte Alice an, »ich weiß beinahe, wo das Land namens Ungarn liegt; ich habe es auf einer Weltkarte im Klassenzimmer gesehen. Ich meine mich daran zu erinnern, daß es berühmt für seine Pferde ist, aber ich wußte gar nicht, daß das Land auch ein berühmtes Stethoskop besitzt. Ich wußte noch nicht einmal, daß Ungarn überhaupt ein Stethoskop besitzt, von einem berühmtesten ganz zu schweigen! Und was die krakophone Rhapsodie angeht: Nun, ich nehme an, das hängt wohl davon ab, mit wie vielen seiner acht Beine der Krake rhapsodiert. Ach, Whippoorwill, was kann denn nur zwischen zwei so sonderbaren Dingen leben?«

»Schnell, Alice!«

»Wirklich, ich komm einfach nicht drauf!«

»Kommst nicht drauf!« krächzte Whippoorwill. »Dann versuch's mal mit Drunterkommen!«

»Ich *komme* auf Sachen, manchmal zumindest«, entgegnete Alice, »aber wie, in aller Welt, soll ich denn nur *drunter*kommen? Das scheint mir ganz und gar nicht recht!«

»Du mußt mehr links als rechts werden, Alice«, kreischte der Papagei. »Du mußt mehr drunter als drauf werden! Du mußt die Person finden, die zwischen einer krakophonen Rhapsodie und Ungarns berühmtestem Stethoskop lebt.« Und mit diesen nassen, schlüpfrigen Worten gelang es Whippoorwill, Alicens Händen zu entgleiten!

»Whippoorwill!« rief Alice. »Komm auf der Stelle wieder her!« Doch der Papagei flog abermals davon und verschwand im Himmel über Manchester. »Ach, das ist einfach zu dreist!« schmollte Alice. »Warum ist Whippoorwill heute nur so unartig? Aber du meine Güte! Woher kommt denn nur dieses schreckliche Getöse? Das kann doch gewiß nicht Whippoorwill sein? Nicht einmal der unartigste Papagei der Welt könnte solch ein schreckliches Getöse fabrizieren!«

Alice hörte in der Tat ein sehr schreckliches Getöse, begleitet von einem heftigen Windstoß, der den Regen hin und her trieb. Alice hätte in diesem Hin und Her beinahe erneut Whippoorwills flüchtige Feder verloren, daher steckte sie sie eilig zurück in ihre Trägerkleidtasche. In diesem Moment muß sich etwas zwischen Erde und Sonne geschoben haben, denn ein dunkler Schatten zog über den Albert Square. Alice blickte auf; ein riesiger dampfgetriebener Eisenvogel schwebte über der Erde und verdeckte die Sonne und fabrizierte schrecklichen Lärm und Böen mit seinen großen Flügeln (die nicht wie gewöhnliche Flügel aussahen, denn sie schlugen nicht auf und ab, sondern eher rund herum und rund herum, sauseschnell, wie ein Kreisel aus metallenen Federn). Alice vermeinte, eine große Kanone auszumachen, die vorn am Vogel befestigt war, und auf seinem Rücken– ja wirklich, da saßen Mrs. Minus und Inspector Jack Russell!

Jack Russell brüllte zu Alice hinunter: »Gib auf! Gib auf!«

Doch Alice wollte davon nichts wissen, eher wollte sie sich untergeben! Sie rannte los, doch im selben Moment packten zwei kräftige Hände ihre Taille! Alice konnte sich nicht befreien, so sehr sie auch strampelte! »Nehmen Sie Ihre widerlichen Polizeifinger von mir!« kreischte sie.

»Alice, das bist doch nur *du* selbst«, knarzte eine Stimme hinter ihr.

»Laß mich los, ich selbst!« verlangte Alice von sich.

»Alice, ich bin es!« antwortete die Stimme, und die Hände

ließen Alice los. »Mit anderen Worten, du bist es! Schwippschwester, erinnerst du dich?«

»Celia!« rief Alice, als sie sich umdrehte und ihr automatisiertes Gegenstück erkannte. »Ich habe überall nach dir gesucht!«

»Ich habe ebenfalls überall nach *dir* gesucht. Vielleicht haben wir uns deshalb bis jetzt nicht finden können; überall ist ein schrecklich weitläufiger Ort, findest du nicht auch?«

»Das ist mir völlig egal, Celia!« entfuhr es Alice. »Kannst du mir bitte sagen, was dieser abscheuliche Eisenvogel dort oben macht?«

»Das ist ein Flügelschrauber«, antwortete Celia, »ein automatisierter Polizeirabe. Du hast doch sicher schon von dem Sprichwort ›Der Flügelschrauber fängt den Worm‹ gehört, oder nicht?«

»Nun, ich hab beinah von so einem Sprichwort gehört, aber sag mir doch bitte, daß das da vorn an dem Flügelschrauber keine Kanone ist?«

»Es *ist* eine Kanone, und wir müssen schnellstens diesen Platz verlassen. Alice, du mußt dich selbst nachschlagen.«

Alice versuchte mit aller Mühe, sich *nachzuschlagen* und verknotete dabei gar heftigst ihren Körper, doch alles vergebens! Und der Flügelschrauber senkte sich kreiselnd immer tiefer über dem Albert Square herab, so daß er seinen eigenen Schatten verdunkelte.

»Aber wo sollen wir hin?« fragte Alice verzweifelt Celia.

»Wir werden uns zur Zentralbibliothek von Manchester begeben.«

»Um meine Geschichte zu suchen, Celia?«

»Um dich nachzuschlagen, Alice. Ganz genau! Nimm meine Hand…«

Und Alice nahm Celias Hand, nur um augenblicklich (mit unglaublicher automatisierter Geschwindigkeit!) zu der riesigen, runden Zentralbibliothek von Manchester gezogen zu werden! Es schien Alice beinahe so, als würde sie dort ankommen, noch bevor sie den Platz verlassen hatte. Der Polizeirabe gab sich zwar alle Mühe, mit den dahinsausenden Mädchen Schritt zu halten, doch er kam nur heftig ins Rotieren! Um genau zu sein, er machte nur einen fürchterlichen Wirbel! Alice und Celia lachten, als sie sahen, wie der furchteinflößende mechanische Vogel vergeblich gegen Wind und Regen ankämpfte und wie Mrs. Minus und Inspector Jack Russell sich verzweifelt an ihren Sitzen festklammerten! Oh, was für ein wunderbarer Anblick! Alice und Celia nutzten die Gelegenheit und huschten im Gänsemarsch in die Bibliothek. (Das heißt, in just diesem Moment watschelte ein mutiertes Geschöpf – bestehend halb aus einem Mann und halb aus einem Wasservogel mit kurzen Beinen, großen Füßen mit Schwimmhäuten und einem breiten, flachen Schnabel – durch die Tür, und Alice und Celia huschten *im Gänsemarsch* zwischen den Beinen dieses Geschöpfs hindurch!)

BITTE RUHE! befahl ein Schild über dem Bibliothekstresen, und so konnte Celia Alice nur heiser zuflüstern: »Hab keine Angst, der Flügelschrauber ist zu groß, um durch die Tür zu passen.«

»Aber können Mrs. Minus und Inspector Jack Russell nicht einfach den Flügelschrauber auf den Boden bringen?« fragte Alice. »Und können sie dann nicht einfach absteigen? Und können sie dann nicht einfach versuchen, uns zu Fuß zu verfolgen?«

»Sie könnten all das einfach tun«, erwiderte Celia, »aber sie werden feststellen, daß die Bibliothek kein *einfacher* Ort ist. Sie werden uns hier, inmitten der Masse an Büchern, niemals finden, denn dieses hier ist nicht nur eine Bibliothek, sondern auch ein Labyrinth.«

»Oh, ich verstehe«, sagte Alice, »diese Bibliothek ist also in Wirklichkeit ein *Bibliorinth*?«

»Alice!« lobte Celia begeistert. »Ich glaube tatsächlich, daß du dich langsam an die Sprache der Zukunft gewöhnst!«

»Aber ich will mich gar nicht an die Zukunft gewöhnen«, schmollte Alice. »Ich will zurück in die Vergangenheit.«

»Um ehrlich zu sein, mir gefällt es hier in der Zukunft«, erklärte Celia.

»Celia! Sag so etwas nicht!«

»Aber es ist so.«

»Hör mir zu, Celia. Wir werden beide in die Vergangenheit zurückkehren, gemeinsam! Und jetzt führe mich bitte zu meiner Geschichte.«

»Wir müssen uns bei der Bibliothekarin erkundigen, wo sich deine Geschichte befindet.«

Die Bibliothekarin hinter dem Tresen war ein großer, dicker Halbfrosch von einer Frau, ausstaffiert mit einem Tweedhütchen auf ihrem schleimigen Kopf und einem Kneifer auf ihrer schleimigen Nase. Ihre lange, schleimige Zunge züngelte über die Stempel in den Büchern des Gänsemannes: »Diese Bücher sind überzogen!« quakte die Froschfrau. »Sie sind überzogen. Diese Bücher kommen zu spät zurück!« Worauf sie nicht viel Federlesen mit dem Gänsemann machte und ihm eine dicke fette Rechnung über einhundertfünfundsiebzig Pfund präsentierte! Der Gänsemann begann empört zu schnattern; er begann, mit der Froschfrau zu streiten. Zwei Minuten später warteten Alice und Celia noch immer in der Schlange und hörten sich immer ungeduldiger das Schnattern und Quaken an.

Weitere zwei Minuten später stritten der Frosch und der Ganter noch immer.

»Ach! Das ist ja lächerlich!« entfuhr es Alice. »Wir könnten ebensogut neben einem Gänseteich anstehen!«

»Aber was bleibt uns denn anderes übrig, Alice?« gab Celia zurück. »Schließlich sind wir *Engländer*.«

»Nun, ich bin es leid, Engländerin zu sein!« Und mit diesen

Worten drängelte sich Alice an den Tresen, um zu fragen, wo in der Bibliothek –

»Ich muß doch sehr bitten, kleines Fräulein!« quakte die Froschfrau. »Dieser Gentleganter ist vor dir dran.«

»Stimmt genau, hier wird nicht vorgedrängelt, junge Dame!« schnatterte der Gänsemann.

Alice blitzte die Bibliothekarin wütend an. »Mrs. Frosch, ist Ihnen bewußt, daß ich seit einhundertvierzig Jahren Bürgerin dieser Stadt bin? Da steht mir doch wohl ein wenig Hilfe zu, oder nicht?«

»Alice, bitte …«, zischte Celia.

»Celia! Würdest du wohl *bitte* aufhören, mir dazwischen zu reden!« rief Alice. »Wo war ich gerade …?«

»Aber Alice«, flüsterte Celia, »die Polizei ist hier …«

Alice wirbelte herum! Und da kamen tatsächlich Mrs. Minus und Inspector Jack Russell durch die Tür der Bibliothek hereingestürmt!

»Alice, schnell!« schrie Celia, »nimm meine Hand! Wir müssen dein Buch selbst finden!«

Den beherzten Griff einer automatisierten Hand später sauste Alice etliche Treppen hinauf und dann etliche gewundene Korridore entlang. Die Bibliothek war ein derart vertrackter Schnekkenbau aus dunklen Tunnelspiralen, daß es den flüchtigen Schwippschwestern schnell gelang, die Polizei abzuschütteln, und das Getrappel ihrer Verfolger verlor sich schon bald. Leider war es bedeutend leichter, in dem Bibliorinth etwas zu verlieren als irgend etwas zu finden. Jeder der Tunnel zog sich um endlos hohe und lange Bücherregale. Jedes Buch mündete in einen Kreis von Geschichten, und jede Geschichte entwickelte sich in einem Labyrinth von Worten. Alice und Celia liefen die zirkulär zirkulierenden Gänge entlang, während ihr Blick über die Einbandrücken huschte, auf der Suche nach dem richtigen Buch.

Eins der Bücher, das sie entdeckten, hieß *Warten auf So-So*, ein anderes *Der Sänger im Socken*, wieder ein anderes *Karp und wie er das Zelt stahl*. Hier sind noch einige Bücher, die sie bei ihrer Suche entdeckten: *Der Dichter und sein Senkblei*, *Der Same der Dose*, *Vom Gewinde verdreht*, *Verbannt in alle Seligkeit*, *Wie man Freude gerinnt*, *Juli is' es*, *Qual der Landschaften*, *Merde sur la Nile* (auf französisch), *Das triste Band*, *Das Karpfental*, *Zen und die Kunst ein Auto-Pferd zu warten*, *Die Wurmböe*, *Die letzte Delegation*, *2001: Dekolleté im Geldtraum*, *Drei Senner im See*, *Federsumpf*, *Bloße Erwartungen*, *Die eilige Fibel* (einschließlich des Faltenfirmaments und des Scheuen Postaments), *Fünf Freunde machen die große Sause*, *Kein Penny mehr, kein Penny weniger*.

»Celia, diese Buchtitel ergeben *überhaupt keinen Sinn!*« nörgelte Alice. »Besonders der letzte!«

»Nun, du hast diesen Ort nicht umsonst ein Bibliorinth genannt, Alice«, erwiderte Celia, während sie in einem weiteren staubigen Raum voller Bücher zum Stehen kam.

»Nicht nur, daß sie keinen Sinn ergeben«, erklärte Alice und ließ die Hand ihrer Freundin los, »sie haben auch keinerlei Ordnung!«

»Meinst du wirklich, Alice?«

»Weder eine alphabetische Ordnung nach Titeln, noch eine alphabetische Ordnung nach Autoren.«

»Oder auch nur nach Themen, Alice.«

»Ganz genau, Celia: Es gibt hier überhaupt keine Ordnung! Welchen Sinn hat eine so zufällige Bibliothek? Wie kann hier irgend jemand ein Buch finden, nach dem er sucht?«

»Es muß doch eine Ordnung in diesem Bibliorinth geben, Alice, wie könnten sonst die *Bibliorinthekare* die Bücher finden?«

»Aber wenn sie nicht nach Titeln oder Autoren oder Themen geordnet sind, wonach sind sie dann geordnet?«

»Vielleicht ist es eine geheime Ordnung, Alice, die nur den Bibliorinthekaren bekannt ist? Vielleicht wartet die Ordnung nur darauf, daß wir sie finden?«

»Aber wie sollen wir das anstellen?«

»Wir untersuchen, Alice. Wir gehen die Sache mit Logik an. Wir nehmen uns eine Reihe von Büchern vor, und dann vergleichen wir sie auf zufällige Übereinstimmungen.«

»Also schön«, sagte Alice patzig und nahm drei Bücher aus dem nächststehenden Regal. »Hier sind drei Bücher. Vergleich sie, wenn du kannst!«

»Ich werde es auf jeden Fall versuchen ...«

Die drei nebeneinander stehenden Bücher, die Alice für Celia ausgesucht hatte, hießen *Desserts mit Fisch*, *Schmierereien auf dem Käserand* und *Anderswo im Noonivurt*. Celia studierte diese drei Bücher genau zwei Sekunden lang und verkündete dann stolz: »Natürlich! Wie konnte ich nur so dumm sein!«

(Der geneigte Leser möchte sich vielleicht an dem Spiel beteiligen und vor dem Weiterlesen erst kurz innehalten, um sich das verbindende Prinzip der drei Bücher zu überlegen.)

»Willst du damit sagen, daß du herausgefunden hast, wie das Bibliorinth geordnet ist?« fragte Alice.

»Es ist so offensichtlich!«

»Nun, mir ist es nicht offensichtlich!« patzte Alice zurück.

(Hat der geneigte Leser es schon entschlüsselt?)

»Aber siehst du es denn wirklich nicht, Alice?«

»Nein, das tue ich nicht, Celia. Bitte erklär es mir.«

(Hat der geneigte Leser es noch immer nicht durchschaut?)

»Also gut«, begann Celia. »Die Bücher in dieser Bibliothek sind nach den letzten drei Buchstaben ihrer Titel geordnet. Nimm das erste Buch, *Desserts mit Fisch:* es endet auf *s ... c ... h*. Nimm das zweite Buch, *Schmierereien auf dem Käserand:* es beginnt mit *S ... c ... h*; und dann endet es mit *a ... n ... d*. Nimm das dritte Buch, *Anderswo im Noonivurt:* Es beginnt mit *A ... n ... d*. Ist das nicht ein überzeugender Beweis für meine Terbo-Intelligenz, Alice?«

»Das wäre es tatsächlich«, erwiderte Alice, »wenn nicht das

nächste Buch im Regal, deiner Theorie zufolge, mit den Buchstaben *U…r…t* beginnen müßte. Und das ist unmöglich!«

Celia griff nach dem nächsten Buch auf dem Bord, holte es herunter und hielt es Alice wortlos hin.

Das Buch hieß, nicht ganz so wortlos, *Urtext Shelp*.

»Nun, ich weiß, was ein Shelp ist«, sagte Alice; »das ist ein Buch von einem Unrechtschreiber namens Mister Zenith O'Clock: Aber was ist ein Urtext?«

»Als Urtext bezeichnet man die älteste Fassung eines Textes. Mit anderen Worten, *Urtext Shelp* ist eine frühere Version des Buches *Shelp*. Dein Mister O'Clock muß seine Erstfassungen in dieser Bibliothek hinterlegt haben.«

»Dein Verstand ist im Moment sehr rege, Celia.«

»Ich habe keinen Verstand, ich habe einen Computermitenhügel. Und meine Computermiten sind *tatsächlich* ganz kribbelig von all der Anstrengung. Laß uns jetzt das Buch deines Lebens suchen, Alice. Was weißt du darüber?«

»Ich weiß, daß das Buch meines Lebens *Die Realität der Realicesierung* heißt. Was bedeutet, daß es nach einem Buch mit den Endbuchstaben *d…i…e* und vor einem Buch mit den Anfangsbuchstaben *U…n…g* kommen muß. Aber wie könnten diese Bücher nur heißen? Einen Moment mal!« Und Alice vollführte einen kleinen Satz, so unvermittelt traf sie die eigene Erleuchtung. »Ich kenne die Antwort! Whippoorwills letztes Rätsel lautete so: Wer lebt zwischen einer krakophonen Rhapsodie und Ungarns berühmtestem Stethoskop? Natürlich, das muß *Die Realität der Realicesierung* sein, oder nicht?«

»Ausgezeichnet, Alice!«

»Nun müssen wir nur noch ein Buch mit dem Titel *Krakophone Rhapsodie* und ein Buch mit dem Titel *Ungarns berühmtestes Stethoskop* finden, und das Buch dazwischen wird *Die Realität der Realicesierung* heißen – die Geschichte meines Lebens!«

»Denk daran, dies ist ein Bibliorinth, Alice. Ein Buch mit dem

Titel *Die Realität der Realicesierung* könnte ebensogut zwischen zwei Büchern mit den Titeln *Krakophone Rhapsodie* und *Ungarns berühmteste Teetasse* oder *Ungarns berühmtestes Dingsda* stehen. Im Bibliorinth gibt es eine unendliche Vielzahl von Buchstaben und Plätzen. Innerhalb dieser Mauern existieren alle Worte, so falsch geschrieben sie auch sein mögen. Die Möglichkeiten sind endlos.«

»Aber Celia, ich will nicht, daß die Möglichkeiten endlos sind, ich will, daß sie genau an der Stelle enden, wo das Buch mit dem Titel *Die Realität der Realicesierung* steht.«

»Nur immer mit der Ruhe, meine liebste Alice«, flüsterte Celia da, »und nimm meine Hand; ich denke, wir haben da möglicherweise einen Helfer gefunden ...«

Dieser Helfer war natürlich niemand anders als der Papagei Whippoorwill, den Celia einen der Korridore entlangflattern gesehen hatte. Im nächsten Moment *flog* auch Alice, zusammen mit ihrer automatisierten Schwester, die gewundenen Tunnel des Bibliorinths entlang, immer Whippoorwill hinterher. Immer herum und herum und herum führte sie ihre Jagd nach dem Papagei durch die Bücherschnecke. Bis der gefiederte Flüchtling schließlich hinauf zum Dach des Gebäudes flog und dort durch ein Oberlicht verschwand!

»Wir haben ihn verloren!« jammerte Alice und rang nach Atem.

»Er muß uns absichtlich irgendwo hingeführt haben«, erwiderte Celia. »Schließlich wußte er über die krakophone Rhapsodie und das berühmteste Stethoskop von Ungarn Bescheid.«

Alice nahm das nächststehende Buch vom Regal: Es hieß *Tausend Tränen weint der Mohn*. »Celia, dieses Buch ist nicht einmal annähernd in der Nähe von meinem *Die Realität der Realicesierung!*«

»Schau dir das nächste Buch in der Reihe an«, drängte Celia.

Das nächste Buch war *Ohnmacht und Monopol;* das danach hieß *Polsterungen für Schaukelstühle kontrovers;* das nächste danach *Ersatzjuwel.* Alice zog mittlerweile Buch um Buch aus dem Regal und warf sie alle auf den Boden! *Welt der wundersamen Wunder, Der indiskrete Charme der Bigotterie, Riesen tanzen nur am Donnerstag, Tagliatelle-sushi im Blättermantel und andere Vorspeisen (mit Kochanleitung), Ungehemmt mörderisch, Schnürsenkel im Wandel der Zeiten, Tenöre im Okzident und Orient, Entfesseltes Hormon, Monogamie der Vielweiberei, Reinkarnation als Stilelement der Parodie, Die Tagträume der Fledermaus, Austern in Bild und Vers, Ersatzrevers, Ersatzträgerkleid, Derwische im Hindukusch, Schrifttum und Schrifttumore in Bibliotheken (eine Einführung), Unglaubhaftes Palaver, Vergessenes Manchester …*

Buch um Buch um Buch … Alice entfachte einen wahren Büchersturm …

Termitenbekämpfung (für Fortgeschrittene), Enervieren als kreative Kunst (für Gimpel), Pelztierzucht im Aquarium (für fortgeschrittene Gimpel), Pelerinen aus Cellophan, Handbuch für Verschwender und Blender.

»Das Buch meines Lebens ist nirgends zu entdecken!« rief Alice verzweifelt, während sie noch mehr Bücher herauszog und die Bücherberge auf dem Boden wuchsen und wuchsen: *Der karierte Rächer, Heringe als Morgengabe, Abendgesellschaft für einen traurigen Dekan …*

»Such weiter, liebste Alice«, erwiderte Celia ruhig. »Whippoorwill hat zweifelsohne einen Plan …«

Weitere Bücher wurden herausgezogen: *Kannibalen bitten zu Tisch, Schrifttum und Schrifttumore in Bibliotheken (Band Neun), Eunuchentreffen auf dem Balkon, Konzerte für Ukulele, Elegie für einen Kolibri, Briefumschläge mit Kuvert …*

»Celia, ich glaube, wir sind schon ganz nah dran!« rief Alice, während sie Bücher unter ihrem Fuß zermalmte, um an *Vertikale*

Geländer und dann *Der faule Interpret* und dann *Rettet das Aufgebot, Botschaften vom Jupiter, Terpentin und Überbein* heranzukommen. »Ja! Hier ist es!« verkündete Alice triumphierend und zog das nächste Buch in der Reihe aus dem Regal: *Einführung in die krakophone Rhapsodie*. Doch als Alice das nächste Buch herauszog, wie groß war da ihre Enttäuschung, als sie feststellen mußte, daß der Titel *Ungarns berühmtestes Stethoskop* lautete! »Aber das ist ja ganz falsch!« stampfte Alice wütend auf. »Dieses Buch sollte *Die Realität der Realicesierung* heißen!«

»Das sollte es«, murmelte Celia, »aber das tut es nicht. Sieh doch nur, Alice, da ist eine Lücke, wo dein Buch hätte stehen sollen...«

»Was hat das denn nun zu bedeuten, Celia?«

»Das bedeutet, Alice, daß jemand deine Geschichte ausgeliehen hat.«

»Wie können sie das wagen!« rief Alice. »Jetzt werde ich mich niemals nachschlagen können!«

Alice weinte so bitterlich, daß Celia ihrer Schwippschwester mit ihrer Porzellanhand den Mund zuhalten mußte. »Alice, willst du wohl still sein!« flüsterte sie. »Wir sind hier in einer *Bibliothek!* Ssschhh! Du störst die anderen Leser...«

(Der geneigte Leser wird die anderen Leser just in diesem Moment zum ersten Mal bemerken, und das aus dem einfachen Grunde, daß ich bislang vergessen hatte, sie zu erwähnen. O je, ich werde auf meine alten Tage vergeßlich. Wie dem auch sei, laß mich dir die kunterbunten Dies-und-das-Geschöpfe zeigen, die an den Tischen saßen und ihre ausgewählten Bücher studierten. Sie alle starrten Alice wütend an: Ja einige von ihnen deuteten sogar bedeutsam auf das BITTE RUHE-Schild!)

»Die anderen Leser sind mir egal!« schluchzte Alice. »O Celia! Wo wir doch so kurz davor waren, es zu finden!«

»Ich weiß! Es ist ärgerlich, nicht wahr?« knarzte Celia mitfühlend. »Aber schau nur, da sitzt ein komischer kleiner Fischmann dort drüben an dem Tisch – ein Schollenmann, glaube ich – und er schläft tief und fest! Den möchtest du doch wohl nicht aufwecken, oder? Das wäre sehr unhöflich.«

Alice wischte sich einige ihrer Tränen mit ihrem Trägerkleid ab und ging dann leise hinüber zu dem Fischmann. Celia folgte ihr und fragte sich, was Alice wohl damit zu erreichen hoffte, daß sie dem Fischmann sanft auf die Schulter klopfte? (Die Frage ist nun natürlich, wo genau bei einem Fisch die Schulter sitzt; dies ist ein Rätsel, das Ichthyologen – die kundigen Fischkundler – seit Jahrhunderten beschäftigt hat, und ich werde an dieser Stelle nicht näher darauf eingehen.) Es muß genügen, daß Alice dem Fischmann auf die Schulter klopfte, dies aber keinerlei Wirkung zeigte. »Celia...«, hauchte Alice, »ich glaube, dieser Schollenmann ist tot.«

»Wie kommst du denn darauf, Alice?« fragte Celia.

»Erstens kann ich ihn nicht wach bekommen; zweitens wächst ihm seine linke Flosse aus der Stirn; drittens sind seine Kiemen dort, wo seine Augen sein sollten, und viertens hängt sein Schwanz aus seinem Mund!«

»Alice, du bist schon ganz *automatisiert* auf das Thema Tod!« sagte Celia.

»Es ist an der Zeit, daß wir beide erwachsen werden«, entgegnete Alice. »Dieser arme Schollenmann wurde Opfer eines Puzzlemordes, und das ist ein Verbrechen. Und sieh nur! In seiner rechten Flosse umklammerte er ein Puzzleteil. Das ist eins von meinen fehlenden: eine Fischflosse, die zu dem Aquarium in meinem Puzzle vom Londoner Zoo gehört. Und sieh nur! Er liegt zusammengesackt über einem Buch mit dem Titel *Die Realität der Realicesierung*! O Celia, vielleicht habe ich jetzt endlich meinen Platz in der Geschichte gefunden?«

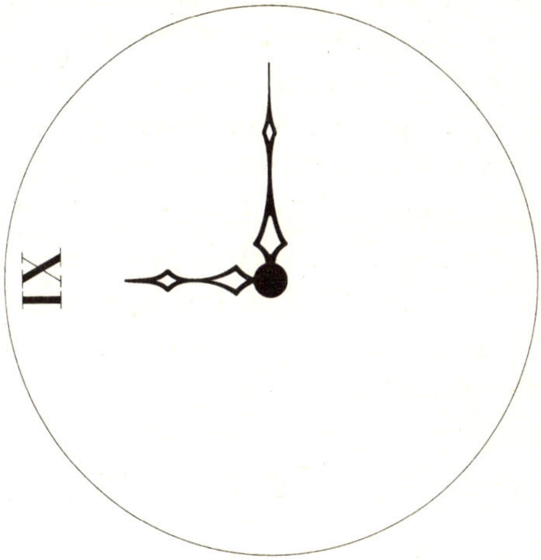

Die Jagd nach dem Quark

Die anderen Bibliotheksbesucher beschwerten sich mittlerweile lautstark (trotz der Bitte Ruhe!-Schilder) über Alicens Jubelrufe. Alice scherte sich nicht um sie; statt dessen steckte sie eilig das fischige Puzzleteil zu den anderen sieben in ihrer Trägerkleidtasche und zog dann vorsichtig das Geschichtsbuch unter dem feucht glänzenden (und recht übelriechenden) Körper des Fischmannes heraus. Das Buch mit dem Titel *Die Realität der Realicesierung* war so groß und dick und fischfleckig, daß Alice große Mühe beim Aufschlagen der ersten Seite hatte; doch schließlich gelang es ihr, den ersten Satz des Buches zu erreichen, und dort stand folgendes zu lesen:

> Die Realität ist eine Unterkategorie des Existenzkonzepts, welche noch zwei weitere Unterkategorien, die Unrealität und die Neurealität, beinhaltet.
> Diese drei Unterkategorien des Alistenzkonzepts, die da wären: die Reale Alice, die Fiktive Alice und die Automatisierte Alice.

»Celia?« rief Alice, als sie das Ende des Absatzes erreicht hatte, »könntest du mir diese Worte bitte erklären?« Doch Celia war plötzlich nirgendwo zu entdecken! »Celia, wo bist du diesmal hin verschwunden? Ach, ich habe im Moment einfach nicht die Zeit, dieser Puppe nachzujagen – und in der gesamten Menschengeschichte ist nicht genug Zeit, um dieses ganze Buch zu lesen – also werde ich einfach die Seiten überfliegen, bis ich an die letzte komme; *dort* werde ich doch wohl zweifellos meine Antwort finden?« Natürlich konnte Alice die Seiten nicht wirklich überfliegen, denn sie waren viel zu schwer; es war eher so, als würde sie durch zähen Schlamm waten, doch schließlich erreichte sie die letzten Zeilen des Buches, und dort stand folgendes zu lesen:

> ... waren die Reale und die Fiktive Alice für Lewis Carroll mittlerweile untrennbar verschmolzen. Diese Verwirrung veranlaßte ihn, die eins gewordenen Alices in die Zukunft zu projizieren. Nur indem er Alice auf eine letzte epische Reise entsandte, einer Suche nach ihrer eignen Vergangenheit, gleichsam zurück in den Traum der Kindheit, konnte er hoffen, seine eigene Phantasie in den sterbenden Momenten einer mentalen Ellipse zu läutern ...

»Ach, papperlapapp!« entfuhr es Alice. »Das hilft mir auch nicht weiter! Der Autor hat diesen Wälzer von einem Buch doch tatsächlich mit einer Ellipse beendet! Das sagt doch wohl alles! Wer hat bloß diesen Mist fabriziert?« (Alice war mittlerweile schon recht *modern* geworden.) Sie schlug das schwere Buch zu, um den Einband eingehender zu beäugen.

Die Realität der Realicesierung, stand dort, von Professor Gladys Chrowdingler.

»Professor Chrowdingler hat das geschrieben!« entfuhr es Alice verblüfft. »Aber sie ist ja eins von den Dingen, nach denen ich suche!« Alice rang abermals mit dem Buch, bis sie an die hintere Innenklappe des Schutzumschlages gelangte. Dort fand sie die Fotografie einer ältlichen, pfeiferauchenden Krähenfrau mit einer Melone auf dem Kopf und unter dem Bild eine kurze Biographie der Autorin:

> Gladys Chrowdingler wurde 1910 geboren. Zu ihren anderen bahnbrechenden Werken gehören *Die Ozzifizierung von Oz*, *Pooh und Poohbertät* und *Peter*

Pandemonium. Sie hat derzeit einen Lehrstuhl als Professor für Chrownotransduktionologie an der Unterversität von Manchester inne. Sie lebt mit einem Kater namens Quark zusammen, der ihr gelegentlich bei ihren Experimenten hilft.

»Also«, überlegte Alice. »Ich bin sicher, daß ich auf meiner Polizei-Auto-Reise durch die Stadt an der *Universität* von Manchester vorbeigekommen bin: Ob die *Unter*versität von Manchester wohl irgendwo dort in der Nähe ist? Ich muß unbedingt dorthin, um diesen Professor namens Chrowdingler zu finden. Aber wie soll ich das nur rechtzeitig schaffen?«

Just in diesem Moment kam Celia einen büchergesäumten Korridor entlanggestürmt. »Alice, schnell!« drängte die Automatisierte Alice knarzend, »wir müssen fliehen: Die Polizei ist hier!« Woraufhin alle anderen Leser sich blitzschnell wie Bücherwürmer in den Tiefen der verschlungenen Worttunnel verkrochen.

»Wo sind sie?« fragte Alice erschrocken und schaute sich angstvoll um.

»Plötzlich überall!« antwortete Celia.

Und in der Tat *war* die Polizei plötzlich überall! Sie kamen aus jedem Gang, jedem Tunnel, jedem einzelnen Schlängelpfad des Bibliorinths hervor. Augenblicklich waren Alice und Celia vollkommen umzingelt von einem sich immer enger ziehenden Kreis von Hundepolizisten. Mrs. Minus und Inspector Jack Russell traten aus dem schnappenden Zirkel. Mrs. Minus befingerte schlängelnd die Leiche des aquatischen Bibliotheksbesuchers. »Mädchen Alice«, zischte die Subtraktorschlange, »du bist festgenommen wegen Behinderung der polizeilichen Ermittlungen. Du bist außerdem festgenommen wegen des Puzzlemordes an diesem armen, unschuldigen Fischmann.«

»Ach, was sollen wir jetzt nur tun, Celia?« jammerte Alice.

»Öffne die Klappe in meinem rechten Schenkel«, flüsterte Celia.

»Ich wußte gar nicht, daß du eine Klappe in deinem rechten Schenkel hast!«

»Pablo Ogden hat viele Veränderungen an meinem Körper vorgenommen. Sieh nur hin.«

Und so sah Alice hin. An Celias rechtem Schenkel befand sich eine kleine Klappe mit der Aufschrift NUR IM NOTFALL ZU ÖFFNEN.

»Ich habe keine Ahnung, was dahinter ist«, knarzte Celia, »aber würdest du sie wohl bitte öffnen, Alice? Die Polizei kommt immer näher!«

Die Polizei kam *in der Tat* immer näher!

Also öffnete Alice die Klappe in Celias Schenkel. Dahinter fand sie einen glänzenden Messinghebel und daneben die An-

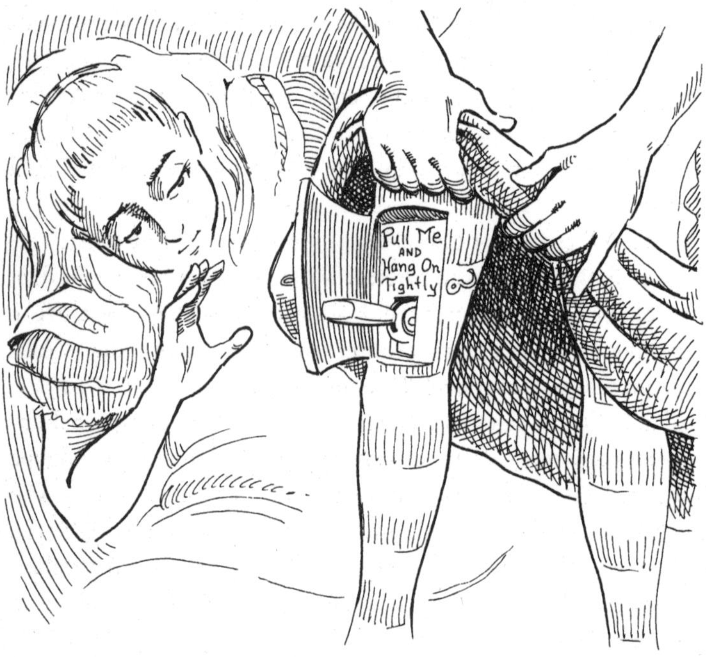

weisung Zieh mich, und halt dich gut fest! Alice zog an dem Hebel…

Viereinängstliche Minuten später eilten Alice und Celia auf der Suche nach der Unterversität von Manchester die Oxford Road entlang. Und da war auch wieder der Papagei Whippoorwill, der vor ihnen her flatterte, immer gerade außer Greifweite. Das klagende Lied der Polizeisirenen hallte durch den Regen, doch Celia rannte mit solcher Terbo-Geschwindigkeit dahin, daß das geschwippte Paar schon bald seinen Verfolgern entkommen war.

Sechseinnasse Minuten später erreichten Alice und Celia das imposante Gebäude der Universität von Manchester. Sobald sie auf dem Campus waren, verloren sie (natürlich!) Whippoorwill aus den Augen, aber sie *fanden* dafür eine Reihe von handgemalten Schildern, die sie zu einem kleinen Loch in der Erde führten, welches mit einem nach unten zeigenden Pfeil markiert war: Zur Unterversität hier entlang.

Und so folgten Alice und ihre Schwippschwester dem Pfeil hinab in das Loch.

(Lieber Leser, auf meine alten Tage scheine ich die Passage verlegt zu haben, die davon erzählt, was geschah, als Alice an dem Hebel in Celias rechtem Schenkel zog. Ich muß diese Geschichte umgehend nachreichen; ansonsten würde der Leser fraglos enttäuscht dieses letzte Buch Alice zuschlagen.)

Pablo Ogden hatte die Automatisierte Alice mit zwei Schenkelklappen ausgestattet, links und rechts. Die linksbeinige Klappe trug die Aufschrift Nur im äussersten Notfall zu öffnen. Die rechtsbeinige Klappe war in nicht ganz so äußersten Notfällen zu öffnen, und dies war die Klappe, die Alice öffnete, so daß ein glänzender Messinghebel zum Vorschein kam, welchen Alice dann betätigte.

Daraufhin begannen Celias Beine wie zwei Baumstämme zu wachsen, geradewegs auf die Decke des Bibliorinths zu! Alice klammerte sich an diese Teleskopbeine, während Celia zum Oberlicht hinaufwuchs, durch welches Whippoorwill der Papagei zuvor ausgeflogen war! Immer höher, immer höher! Alice sah nach unten (immer ein Fehler), und es wurde ihr ganz schwindelig von der Hochsauserei.

Die Polizeihundemänner blieben weit, weit unter ihnen zurück, wo sie nur hilflos hecheln und knurren konnten. Sobald sie das Dach der Bibliothek erreicht hatten, schob Celia ihre verlängerten Beine wieder zu einem ordentlichen Porzellanpaar zusammen und *wieder*verlängerte sie dann über die Seite des Gebäudes, so daß Alice und sie selbst zur Straße unter ihnen hinabsteigen konnten. Sobald sie sicheren Boden erreicht hatten, faltete Celia ihre Beine zu ihrer normalen Länge zusammen, und von dort liefen die beiden abenteuerlichen Mädchen die Oxford Road entlang auf die Universität und die darunterliegenden Gänge zu...

(Ich hoffe zutiefst, daß ich diese kleine Eskapade wahrheitsgemäß erinnert habe.)

Die *Unter*versität war eine düstere Unterwelt aus Glimmer und Schimmer, in der eine Myriade von Schatten Alice und Celia den Weg zum Institut der Chrownotransduktionologie wiesen. Alice klopfte an der Tür und erhielt keine Antwort, abgesehen von einem weitentfernten *Krächzen*; und so stieß sie die Tür auf und marschierte, recht unverfroren, in das Laboratorium.

Dies sind einige der Dinge, die Alice und Celia dort fanden: eine ganze Ansammlung von wissenschaftlichen Gerätschaften, die in allen Ecken des Laboratoriums vor sich hin klapperten und dampften und qualmten; ein riesiger Haufen von Computermiten, die lautstark zur Beantwortung einer Reihe von furchtbar schweren Fragen aufmarschierten; Wogen von flüssigem Mysterium, das durch ein verschlungenes Flechtwerk von Glasröhren blubberte. Sie endeten schließlich alle in einer großen Holzkiste, welche

HE TIME HAS COME THE WALRUS SAID TO

auf dem Boden stand; eine Aufschrift auf der Seite der Kiste, die in schwarzen Lettern verkündete GEFÄHRLICHES EXPERIMENT!; einen schmutzigen, alten, schwarzen Lappen von einer Krähe, die auf dem Deckel der Kiste hockte (noch dazu mit einer Melone auf dem Kopf!) und vor sich hin krächzte, während sie gleichzeitig eine Meerschaumpfeife rauchte. »Quark, Quark!« krächzte die Krähe durch die alles vernebelnden Schwaden von Tabakrauch.

Doch das schlimmste, was Alice in jenem Laboratorium fand, war der Geruch! O je, dieser Geruch! Es war der Gestank, der gelegentlich dem *falschen Ende einer widerlichen Fleischpastete* entströmt, wenn sie zu lange in der Sonne gestanden hat.

Die Krähe klopf-klopf-klopfte mit der Pfeife in ihrem nikotinfleckigen Schnabel auf den Deckel der Holzkiste. »Hier riecht es abscheulich!« bemerkte Alice an die Krähe gerichtet, ohne tatsächlich eine Antwort zu erwarten, und sie erhielt auch keine, abgesehen von einem weiteren Klopf-Klopfen. »Und ich hatte so sehr gehofft, Professor Gladys Chrowdingler hier zu finden!« fügte Alice hinzu.

Daraufhin flatterte die Krähe von der Kiste auf, begleitet von einem ohrenbetäubenden Schrei: »Quark!« Und als der Vogel schließlich vor Alicens Füßen landete, hatte er sich in eine vollständig ausgewachsene Krähenfrau verwandelt: eine uralte runzlige Vettel von einer Frau, ausgestattet mit den unverzichtbaren Schnabel- und Flügelaccessoires einer Krähe (und natürlich mit einer Melone auf dem Kopf).

Ich bin Professor Gladys Chrowdingler!« quarkte die Krähenfrau lauthals, wobei sie einen Moment lang die qualmende Pfeife aus dem Mund nahm (und zur Begrüßung der beiden Alices ihren Bowler lüftete). »Der abscheuliche Geruch stammt von meinen chemischen und physikalischen Experimenten, fürchte ich. Ach, ich bin ja so froh, daß ihr beiden Mädchen es unbeschadet zu meinem Laboratorium geschafft habt; ich warte schon seit einer Ewig-

keit auf euch! Einer ganzen Ewigkeit! Also, wer von euch beiden ist die *reale* Alice?«

Die Krähenfrau fuchtelte mit ihren Rußflügeln vor Alicens und Celias Nase herum.

Alice hatte bemerkt, daß etwas in der Holzkiste gefangen war. Es hämmerte gegen die Innenwände und forderte mit gedämpfter Stimme, freigelassen zu werden. Alice entschied, das Ding in der Kiste zu ignorieren. »Nun, *ich* bin natürlich die reale Alice«, erklärte sie dem Professor.

»Bist du sicher?« fragte die Krähenfrau und sprach dabei um die qualmende Pfeife herum, die sie sich wieder in ihren Schnabel gesteckt hatte. »Ihr beide seht beinahe identisch aus.«

»*Sie* ist die reale Alice«, bestätigte Celia rundheraus und zeigte mit dem Finger auf Alice. »Ich bin nur die automatisierte Version; mein Name ist Celia.«

»Ja, das stimmt«, pflichtete Alice bei, ebenso rundheraus (obwohl die reale Alice, um der Wahrheit die Ehre zu geben, mittlerweile ein wenig verwirrt war), »und wir sind aus der Vergangenheit hergekommen, um Sie nach dem Weg zurück nach Hause zu fragen.«

»Quark, Quark!« quarkte die Krähenfrau ungeduldig. »Alice, hast du wohl mein Buch in der Bibliothek gelesen?«

»Ja, das habe ich, und so ist es mir überhaupt gelungen, Sie zu finden.«

»Ausgezeichnet! Der Plan nimmt Formen an!«

»Das heißt ... um ehrlich zu sein ...«, zauderte Alice, »ich habe nur den Anfang und das Ende Ihres Buches gelesen.«

»Das wird für den Moment genügen. Deine letzte Geschichte wird fortgesetzt; der zeitliche Plan nimmt Gestalt an.«

»Was meinen Sie mit meine ›*letzte* Geschichte‹?« wollte Alice wissen. »Und was ist das für ein Plan, von dem Sie da beständig sprechen?«

»Du weißt doch, daß Lewis Carroll dich erfunden hat, Alice, in seinen Büchern namens *Wunderland* und *Hinter den Spiegeln?*« fragte Chrowdingler.

»Nun, ja... ich meine, nur *teilweise*.«

»Ausgezeichnete Antwort! Du bist schon auf gut halbem Wege dort!«

»Auf halbem Wege wohin?« fragte Alice.

»Auf halbem Wege, keine bloße *Alias-Alice* mehr zu sein, natürlich. Begreifst du es denn nicht?«

»Ich *versuche* ja, es zu begreifen. Aber ganz ehrlich, Professor Chrowdingler, ich möchte nur eins, nämlich zurück in die Vergangenheit.«

»Natürlich möchtest du das! Das liegt in deiner Natur, Alice: Das hat Lewis Carroll deiner Seele eingegeben.«

»Aber ich bin nicht bloß Lewis Carrolls Erfindung; ich bin auch real!«

»Alice, du bist sowohl real als auch fiktiv und außerdem noch automatisiert. Deine reale Verkörperung heißt Alice Liddell; deine unreale Verkörperung heißt Alice im Wunderland; deine neureale Verkörperung heißt Celia Hobart.«

»Ich wußte gar nicht, daß Celia einen Nachnamen hat«, wunderte sich Alice.

»Ich auch nicht!« knarzte Celia (recht stolz), bevor sie fragte: »Was bedeutet neureal, Professor?«

»Neurealität ist eine meiner jüngsten Entdeckungen«, erwiderte Professor Chrowdingler. »Ein Ort, an dem Dinge auf halbem Wege zwischen der Realität und der Unrealität existieren können. Ich habe diesen Ort wegen der wachsenden Terboterpopulation erfunden, verstehst du? Geschöpfe wie du selbst, Automatisierte Alice, bist du real oder unreal? Gibt es so etwas wie eine künstliche Intelligenz? Grundsätzlich lautet die Frage doch... kann ein mechanisches Wesen als lebendig erachtet werden?«

»Nun... ich fühle mich lebendig«, erklärte Celia.

»So ist es! Du *fühlst* deine Lebendigkeit, Automatisierte Alice, daher bist du lebendig! Du bist eins mit dir selbst! Das ist der Grund, weshalb ich jenen neuen Zustand der Neurealität entdeckt habe. Die reale Alice, anderenflügels...« (und bei diesen Worten deutete die alte Professorin mit einem abfälligen Fuchteln ihrer schwarzen Federn auf Alice), »ist weder hier noch dort. Dieses kleine Mädchen ist nicht sicher, ob es real ist oder nur eine abschließende Geschichte und ein Plan in Mister Lewis Carrolls Kopf. Er hat auf seine alten Tage ein letztes Buch geschrieben, müßt ihr wissen: ein Buch mit dem Titel *Alice im Automatenland*. In diesem sehnsüchtigen Werk versetzte er die reale Alice in die Zukunft des Jetzt und Heute; er versetzte sie in das Jahr 2000! Und in diesem letzten Buch hielt der Autor es für notwendig, Alice mit einem Professor namens Chrowdingler zusammentreffen zu lassen! Quark! Ach, ich finde das ja so aufregend!«

Alice hatte das Gefühl, daß das Ganze aus dem Ruder geriet. »Professor Chrowdingler«, unterbrach sie, »würden Sie mir bitte sagen, wie ich rechtzeitig für meinen Schreibunterricht um zwei Uhr zurück nach Hause in die Vergangenheit kommen kann?«

»Quark! Gehe ich recht in der Annahme, Alice, daß du heute morgen Radieschen gegessen hast?«

»Das habe ich tatsächlich«, antwortete Alice, »aber es war nur ein Marmeladenlöffelvoll.«

»Das spielt keinerlei Rolle, Alice! So ist es zu deinem Besuch in der Zukunft gekommen: Du hast von den Radieschen der Zeit gekostet! Sie enthielten Chrownons.«

»Was hat das alles denn bloß zu bedeuten? Was sind Chrownons?«

»Quark, Quark!« erwiderte Professor Chrowdingler.

Plötzlich erinnerte sich Alice an etwas, das sie auf dem Einband von *Die Realität der Realicesierung* gelesen hatte. »Professor Chrowdingler«, fragte sie, »sind Sie zufällig auf der Jagd nach Ihrer Katze?«

»Das kannst du wohl laut sagen! Wo *ist* dieser ungezogene Fellball nur? Quark!« Noch während sie dies sagte, begann Chrowdingler überall zu suchen; überall zwischen den gewundenen Röhren ihrer wissenschaftlichen Gerätschaften; überall in dem beißenden Nebel aus Gasen, den die Röhren ausstießen; sogar überall hinter der Holzkiste. »Hier, Miez, Miez!« krächzte der Professor und hielt ein Stück rohes Schweinefleisch hoch. »Zeit für's Abendessen, mein kleiner Quark!«

Alice fand es höchst ungewöhnlich, daß eine Krähe sich eine Katze als Haustier hielt, behielt es aber für sich. Statt dessen fragte sie: »Warum heißt Ihre Katze Quark?«

»Nun...«, begann Professor Chrowdingler, »ein Quark ist ein hypothetisches Urteilchen, postuliert als das unsichtbare und elementarste Element aller Saationen und Chrownonen. Verstehst du, Alice? Es ist ganz einfach: Jedes Ding, das existiert, besteht aus winzigen Teilchen; und ein Quark ist der unsichtbare Grundbestandteil in jedem *Saation*teilchen und in jedem *Chrownon*. Das Merkwürdigste an Quarks ist folgendes: wir Wissenschaftler wissen, *daß* sie existieren, aber wir wissen nicht, *wo* sie existieren!«

»Das klingt mir doch zu sehr nach einem gewissen Papagei, den ich kenne«, bemerkte Alice.

»Quark, Quark!« quarkte Chrowdingler, »komm zu mir, mein Kätzchen!« Doch die Schmusekatze war nirgends zu sehen. »Das ist der Grund, weshalb ich meinen Kater *Quark* genannt habe«, sagte der Professor zu Alice; »weil er die irritierende Angewohnheit des Verschwindens hat: Und nichts kann schneller verschwinden als ein Elementarteilchen! Ich habe ein Experiment gemacht, mußt du wissen – eins, das die Auswirkungen von Saationteilchen auf die unschuldigen Bewohner von Manchester feststellen sollte. Das Experiment beinhaltete das Einsperren meines Katers in dieser speziellen Zauberkiste ...« Professor Chrowdingler klopfte mit ihrer Pfeife auf den Deckel der Holzkiste; aus dem Innern der Kiste scholl ein weiterer mitleidserregender Hilferuf.

»Sie haben also Ihren Kater in diese Kiste gesteckt ...«, knarzte Celia, »und was haben Sie dann getan?«

»Ich habe eine Wolke von Saationteilchen in die Kiste geleitet.«

»Und was genau ist ein Saation, nur so aus Neugier?« fragte Alice.

»Ein Saation ist ein Teilchen, das den verschiedenen Spezien erlaubt, sich miteinander zu paaren. Das ist der Grund, weshalb wir derzeit alle an der Neumonie leiden.«

»Dann sind Sie also eine Saation-Krähe?« sinnierte Alice.

»So ist es! Ich habe dieses Teilchen entdeckt und nach mir selbst benannt.«

»Und dieses Teilchen ist der Ursprung der Krankheit namens Neumonie?«

»Ganz recht; die Gesetzesvipern haben das Saationteilchen in die Wellenlänge der Nation geleitet: Ich vermute, daß sie auf diese Weise hofften, die Bevölkerung willfährig zu machen. Die ursprüngliche Idee bestand darin, alle in sanfte, gesetzesfürchtige Mäusemenschen zu verwandeln: Diese heikle Wissenschaft ist als dschinnetische Manipulation bekannt, weil es genauso ist, als würde man einen bösartigen Geist aus einer Flasche lassen. Dieses dumme Experiment der Vipern war natürlich ein schrecklicher Fehlschlag, und die grassierenden Saationteilchen verwandelten die Menschen in einen Mischmasch aus mutierten Kreaturen. Meine eigene krähige Gestalt ist nur eins der mannigfaltigen Ergebnisse. Und so habe ich dieses Kistenexperiment ersonnen, das sowohl eine Hauskatze als auch einen Nebel aus den abscheulichen Saationteilchen beinhaltet.«

»Aber Ihre Experimental-Katze muß sich doch mit Zähnen und

Krallen gewehrt haben, als Sie sie in die Saationkiste einsperrten?« wand Celia ein.

»Ach, und wie mein kleiner Quark sich gewehrt hat! Aber ich habe schließlich nur versucht, den Einsatz von Saationteilchen bei der Verbreitung der Neumonie-Krankheit zu beweisen. Doch mein lieber Quark wurde aufs Schrecklichste von den Saationen angegriffen!«

»Und was ist dann passiert?« fragte Alice.

»Quark verschmolz mit der Natur eines Chamäleons.«

In just diesem Moment bemerkte Alice ein durchscheinendes *Etwas*, das zwischen den wissenschaftlichen Gerätschaften auf einem von Chrowdinglers Arbeitstischen hindurchschlich. Es ähnelte sehr dem nebulösen Lächeln einer felinen Schönheit, die längst in das verschwindende Reich der Camouflage übergegangen war. Ein leises, flehentliches »Miiiiiauuu!« scholl aus dem Nichts, während etwas Ungesehenes und Pelziges ein Reagenzröhrchen umstieß. »Quark, Quark!« kreischte Chrowdingler, als jener Beweis der Unartigkeit ihres Phantomkaters an ihr Ohr drang. Die Professorin machte einen flatterhaften Satz, um die Geisterkatze einzufangen, doch sie wurde mit ihrem spitzen Schnabel nur einiger Strähnen fiktiven Fells habhaft.

»Quark ist eine unsichtbare Katze!« rief Alice, die sich plötzlich an eine Begegnung in einem ihrer vorherigen Abenteuer erinnerte. (Obgleich Alice nie im Leben gedacht hätte, daß sie eines Tages in der fernen Zukunft die wissenschaftliche Ursache für das Verschwinden der alten Schmeichelkatze herausfinden würde!)

»Ganz genau!« krähte die Krähe. »Quark ist jetzt eine Chamälekatze.«

»Also sind die Gesetzesvipern für die Neumonie-Krankheit verantwortlich?« fragte Alice und kehrte damit (endlich) wieder zum Thema zurück.

»So ist es«, bestätigte Chrowdingler. »Die Gesetzesvipern haben sich alle Mühe gegeben, den Saation-Fehlschlag zu ver-

tuschen, indem sie behaupteten, die infernalische Neumonie-Krankheit sei nichts weiter als eine natürliche Verirrung der Natur. Auf der ganzen Welt gibt es nur zwölf Geschöpfe, die um die wahre Untat der Vipern wissen.«

Zwölf! Alice ging schlagartig ein Licht auf: »Gehören zu diesen Geschöpfen zufällig eine Computermite und ein unordentlicher Dachsmann und eine schläfrige Schlange? Und gehören zufällig auch ein hühnergetriebener Terbo-Musiker und ein Zebramann und ein Trompete spielender Schneckenmann dazu? Und auch ein Spinnenjunge und eine Katzenfrau und ein bücherwurmiger Schollenmann?«

»Aber ja!« antwortete Chrowdingler. »Die Gesetzesvipern haben es darauf abgesehen, jeden einzelnen der wissenden Zwölf zu ermorden, um so ihren Mißbrauch der Saationteilchen und ihre abscheulichen Verbrechen an der Menschheit zu vertuschen. Quark! Die Vipern sind fest entschlossen, alle Träger des Saation-Indizes zu töten; das schließt natürlich mich selbst mit ein. Schon sehr bald werden die Schlangen des Gesetzes meinen Leib in ein tödliches Puzzle verwandeln.« Mit diesen Worten griff Chrowdingler in die Dunkelheit ihres Flügels und holte ein kleines gezacktes Holzstück hervor: »Das hier ist heute morgen mit der Post gekommen ...«

Es war das gezackte Fragment aus dem Vogelhaus des Londoner-Zoo-Puzzles und zeigte eine schwarze Krähenfeder. Alice nahm es *sehr artig* entgegen. »Vielen Dank auch, Professor, daß Sie mir dieses Puzzleteil gegeben haben!« rief sie. »Jetzt habe ich neun von meinen zwölf fehlenden Teilen beisammen!«

»Ein solches Puzzleteil zu erhalten«, warnte die Professorin, »bedeutet, daß die Gesetzesvipern auch dich wegen deines gefährlichen Wissens jagen werden. Dies sind Kainspuzzleteile!«

»Aber ich dachte die ganze Zeit, daß die Gesetzesvipern die Polizei gedrängt hätten, den Puzzlemörder zu finden?« wand Celia ein. »Ist denn das nicht der Grund, weshalb sie Captain Ramshackle und die arme, unschuldige Alice verhaftet haben?«

»Die Polizei hat ja keine Ahnung, wer der wirkliche Mörder ist oder worin das wirkliche Verbrechen besteht. Die Vipern suchen nur nach Prügelraben.«

Alice hätte liebendgern gefragt, was genau ein Prügelrabe war, doch just in diesem Moment scholl aus dem Innern der Holzkiste abermals eine schrille Stimme und bettelte: »Lassen Sie mich bitte aus dieser Kiste!«

»So schnell lasse ich dich noch nicht aus der Kiste!« kreischte die Krähenfrau. »Das Experiment ist noch nicht abgeschlossen!« Gleichzeitig mit diesem krächzenden Schrei hörte man ein schreckliches Donnern auf der Treppe, die zur Unterversität von Manchester hinabführte. »Hier sind die Gesetzesvipern!« donnerte das Donnern. »Alice Liddell und Professor Chrowdingler! Sie sind beide wegen der Mittäterschaft an den Puzzlemorden verhaftet!«

Chrowdingler fiel die Pfeife aus dem Mund! »Schnell, Alice!« drängte sie. »Ich sage dir jetzt, was du als nächstes zu tun hast: Du mußt die verbliebenen *drei* fehlenden Puzzleteile finden. Anschließend mußt du alle zwölf Teile zum Haus deiner Großtante in Didsbury bringen. Versprich mir, daß du alle zwölf Teile zurück zu deinem Puzzle in die Vergangenheit bringen wirst, denn *nur dann* werden wir Zukünftigen vor dem Zorn der Vipern bewahrt werden!«

»Wir versprechen es, Professor Chrowdingler«, knarzte Celia.

»Aber mein zehntes Puzzleteil befindet sich im Besitz der Gesetzesvipern!« wandte die reale Alice ein. »Sie verwahren es als Beweisstück im Rathaus.«

»Dann mußt du dich zum Rathaus begeben!« kreischte die Krähenfrau unter dem aufgeregten Geflatter ihrer Flügel. »Aber jetzt mußt du dich erst einmal in der Experimentkiste verstecken.«

»*Da* gehe ich nicht rein!« erklärte Alice trotzig. Doch das Donnern der Vipern auf der Treppe ließ Celia (doppelt trotzig!) einwenden: »Aber Alice! Es ist unsere einzige Hoffnung, ihnen zu entkommen!« Celia klappte den Deckel der Kiste auf und kletterte hinein.

»Aber Professor«, zauderte Alice, »Sie haben uns noch nicht von den Chrownonteilchen erzählt.«

»Dafür bleibt keine Zeit«, erwiderte Chrowdingler.

Und so folgte Alice (recht beklommen) Celia in die Kiste.

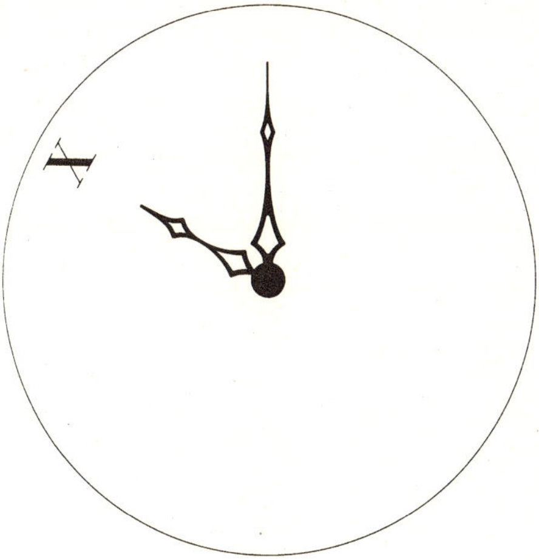

Mit
Lispeln und
Spucke

In der Kiste war es sehr dunkel und sehr eng, und zwar so sehr, daß Alice nicht einmal die Nase vor dem Gesicht sehen konnte! Dafür konnte ihre ungesehene Nase eine Wolke widerlich süßlichen Talkumpuders *riechen*. »Captain Ramshackle!« rief Alice in die Dunkelheit hinein, als sie jenes muffige Aroma roch, »*Sie* waren es, der hier in der Kiste hockte und heraus wollte!«

»Ich war es in der Tat höchstselbst, der zu entfliehen suchte«, antwortete der eingesperrte Dachsmann aus der Finsternis.

»Aber was machen Sie denn hier drinnen?« wollte Alice wissen.

»Ich hoffte, dem Beispiel von Kater Quark zu folgen«, lautete die klägliche, unsichtbare Antwort.

»Damit Sie für die Gesetzesvipern unsichtbar wären...?«

»Ganz genau!« gestand Ramshackle. »Ich hoffte, daß Professor Chrowdingler mich in ein Dachsmäleon verwandeln könnte! Gehe ich recht in der Annahme, daß das Experiment fehlgeschlagen ist?«

»Ich vermute, Captain Ramshackle«, sagte Alice, »daß Sie auch nicht unsichtbarer sind als ich! Und das ist ganz und gar nicht unsichtbar! Auch wenn es in dieser gefährlichen Kiste stockfinster ist!«

»Was geschieht da draußen?« flüsterte Ramshackle ängstlich.

»Die Gesetzesvipern sind gekommen, um uns zu holen«, flüsterte Celia heiser.

»Wer bist denn du?« rief Ramshackle. »Sind hier zwei Alices in dieser Kiste?«

»Das ist meine automatisierte Schwester, Captain«, stellte Alice vor. »Sie heißt Celia.«

»Alice ist zweigeteilt worden?!«

»Nun, ja«, antwortete Alice, »ich denke, so könnte man es bezeichnen.«

»Wie wunderbar zufällig das sein muß!« jubelte der Dachsmann und fand dabei etwas von seiner alten Bravour wieder. »Meint ihr, wir sollten schon einmal einen Blick nach draußen wagen?«

»Nein, das sollten wir nicht!« rief Alice, als etwas Schweres anfing, auf das Dach der Kiste zu hämmern! »Gibt es eine Möglichkeit, diese Kiste von innen zu verriegeln?«

»Die gibt es tatsächlich...«, erwiderte Ramshackle und griff nach oben, um einen kleinen Riegel an der Decke der Kiste vorzulegen.

Der Lärm von draußen verhallte nach und nach. Alice hielt es nunmehr für ungefährlich, einige Fragen zu stellen. »Was wissen Sie über die Radieschen der Zeit, Captain Ramshackle?« lautete ihre erste Frage.

»Professor Chrowdingler hat mir so gut wie alles erzählt, was sie wußte. In den Radieschen der Zeit leben und vermehren sich die Chrownonteilchen.«

»Und was ist ein Chrownon?« lautete Alicens zweite Frage.

»Ein Chrownon ist ein weiteres Teilchen, das Chrowdingler entdeckt hat: Es ist das Urteilchen der Zeit selbst! Meine liebe Alice... du mußt in der Vergangenheit einige Vorwärtschrownonen verzehrt haben; deshalb bist du in das Jahr 2000 gereist! Um in das Jahr 1860 zurückzukehren, mußt du einige Rückwärtschrownonen essen.«

»Ich muß ein Radieschen rückwärts essen?« protestierte Alice mit ihrer dritten Frage.

»So ist es, und du mußt es an genau dem Ort verzehren, an dem du deine Reise begonnen hast, und genau zur selben Zeit, zu der du deine Reise begonnen hast.«

»Mit anderen Worten, Alice«, erklärte Celia hilfsbereit, »wir müssen uns zum Haus deiner Großtante in Didsbury begeben. Sobald wir dort angekommen sind, müssen wir ein paar der Radieschen von dem Gemüsebeet deines Onkels essen, und wir müssen all dies um Punkt zwei Uhr tun.«

»Deine automatisierte Schwester ist sehr klug«, lobte Ramshackle. »Dieses ganze Verfahren bezeichnet man laut Chrowdingler als *Chrownotransduktionologie;* mit anderen Worten: eine zeitliche Reise.«

Just in diesem Moment bemerkte Alicens Nase einen beißenden Geruch über und unter der Talkumwolke des Dachses. »Haben Sie einen gesellschaftlichen *faux pas* begangen, Captain?« erkundigte sie sich diskret.

»Nein, ich habe keinen gesellschaftlichen Furzpaß begangen!« verwehrte sich der Dachsmann.

»Captain Ramshackle!« rief Alice empört, »so etwas sagt man nicht!«

»Du hast es zuerst gesagt!«

»Hab ich nicht! Ich sagte *faux pas*! Das ist etwas ganz anderes: Das ist schließlich *Französisch!* Daher ist es bedeutend höflicher!« Alice folgte hierbei einfach nur den Benimmregeln ihrer Großtante. (Wie gesagt, Großonkel aß wirklich *schrecklich* viele Radieschen!)

»In der Zukunft, Alice ...«, erklärte Celia, »gibt es kaum noch Worte, die man nicht sagen darf. Ja, wirklich, man kann sogar –«

»Nun, mir gefällt die Zukunft nicht«, fiel Alice ihr ins Wort. »Sie ist gräßlich, und ich will jetzt nach Hause!«

»Schwestern, Schwestern! Das ist nicht der Geruch meiner Hinterteiligkeit«, sagte Ramshackle. »Das ist der Geruch von Saationgas, das in die Kiste strömt.«

Alice schrie: »Ich will nicht verwandelt werden! Ich will nicht Neumonie bekommen! Ich will einfach nur ich selbst sein!« Sie nestelte den Riegel auf und drückte gegen den Deckel.

Doch o weh! Die Kiste ging nicht auf!

Alice drückte und drückte, aber der Deckel wollte sich einfach nicht öffnen. Er rührte sich nicht, nicht einen Zentimeter! »Die Gesetzesvipern haben uns eingesperrt!« jammerte sie, während der abscheuliche Gestank der Saationen in ihrer Nase brannte. »Celia, schnell! Wir müssen abermals den Hebel hinter deiner rechten Schenkelklappe ziehen; vielleicht können deine Teleskopbeine den Deckel aufbrechen …«

»Ich fürchte, ich kann jede meiner Schenkelklappen nur einmal benutzen«, lautete Celias Antwort auf *diesen* Vorschlag.

»Dann müssen wir eben deine linke Schenkelklappe öffnen!«

»Aber jene Klappe darf nur im äußersten Notfall geöffnet werden.«

»Das hier ist ein *äußerst* äußerster Notfall!«

»Da bin ich mir nicht so sicher«, wandte Ramshackle ein. »Vielleicht können wir ausbrechen, wenn wir alle drei gemeinsam drücken?«

Also drückten sie alle drei gemeinsam, und wahrlich und wahrhaftig! Die Kiste war gar nicht zugesperrt, die Gesetzesvipern hatten nur etwas sehr Schweres daraufgelegt. Dieses sehr schwere Etwas fiel mit einem dumpfen Poltern zu Boden, als das Trio den Deckel öffnete, um (verstohlen) über den Rand der Kiste zu spähen …

Das Laboratorium war völlig verlassen.

Alice (und dann Celia in beklommenen Klammern) ((und dann Captain Ramshackle, in doppelt beklommenen Klammern)) kletterten aus der Experimentkiste. Sie alle schienen recht unverändert von ihrem Abenteuer. »Ich denke, das Saationgas braucht bedeutend länger, um zu wirken«, erklärte Ramshackle.

»O weh!« flüsterte Celia, als sie erkannte, was genau sie vom Deckel auf den Boden gekippt hatten …

Es war die Leiche von Professor Gladys Chrowdingler! Die Flügel der Krähenfrau hingen nun leblos zu beiden Seiten ihrer Augen herunter! Ihr rußiger Schwanz sproß zwischen ihren Lippen hervor! Ihre Augen starrten leblos aus ihren beiden Knien!

»Der Professor wurde Opfer eines Puzzlemordes!« schrie Celia. »Die Gesetzesvipern haben sie umorganisiert!«

Und das Laboratorium war nicht gänzlich verlassen, denn Alice bemerkte ein gewisses durchscheinendes Wispern von Fell, das sich an dem zusammengestückelten Körper des Professors rieb. Alice hob das durchscheinende Wispern vorsichtig hoch und begann, es zu streicheln. (Hast du je versucht, eine unsichtbare Katze zu streicheln? Ich kann dir versichern, daß so etwas eine äußerst merkwürdige Sache ist: Doch wenn irgend jemand so etwas konnte, dann Alice, und Alice *tat* es...) Aus irgendeinem unbekannten Grund war Alice die einzige aus der kleinen Gruppe, die überhaupt irgend etwas von Quark, dem unsichtbaren Kater, sehen konnte. Der Kater schnurrte ob der liebevollen Behandlung. »Du wirst jetzt deinen eigenen Weg in dieser Welt finden müssen, unsichtbare Miezekatz«, meinte Alice und setzte den Kater wieder auf den Boden. Dann wandte sie sich zu Captain Ramshackle um: »Wie spät ist es bitte?« erkundigte Alice sich. Ramshackle krempelte seinen linken Hemdsärmel hoch und enthüllte eine kleine Handgelenkuhr. »Es ist beinahe 1 Uhr am Nachmittag«, antwortete er.

»Dann bleiben mir nur noch sechzig Minuten, um das zehnte spinnige Puzzleteil zu finden«, errechnete Alice und ergriff Celias Hand, »und das elfte papageiige Teil und dann das geheimnisvolle zwölfte und letzte Teil. Schnell, Celia... benutze deine automatisierten Sausebeine: Wir müssen zurück zum Rathaus von Manchester!«

»Ich komme mit«, versicherte Captain Ramshackle und versuchte, noch auf den bereits in Bewegung befindlichen Körper der Puppe aufzusteigen. Doch Alice stieß ihn sanft zurück. »Das hier ist allein meine Aufgabe, Captain«, erklärte sie ihm. »Machen Sie sich keine Sorgen: Ich werde mein Bestes tun, um Sie vor den Vipern zu retten...«

Alice und Celia brauchten kaum wenige Minuten, um die Strecke zwischen der Unterversität und dem Rathaus zurückzulegen. Alicens erstes Problem bestand darin, wie sie in das Rathaus hineinkommen sollte, ohne daß die Gesetzesvipern davon erfuhren. Zu diesem Zweck hatte Alice Celia angewiesen, sie auf dem Hinterhof des Gebäudes abzusetzen,wo eine kleine Tür mit der Aufschrift NUR FÜR LIEFERANTEN! von der ausladenden Achtfaltigkeit eines Krakenmannes bewacht wurde. Dieses hüpfende Individuum schwenkte seine vielzähligen langen Beine in einem Tanz aus schmatzenden Saugnäpfen, während er mit wässriger Stimme blubberte: »Ich frage mich, was dieses kleine Mädchen wohl liefern will?«

»Ich liefere das neue Maskottchen für Mrs. Minus' Wahlkampagne«, fabulierte Alice und schubste Celia nach vorn. »Eine Stimme für Mrs. Minus«, verkündete Celia in ihrem *politischsten* Tonfall, »ist eine Stimme für die Subtraktion!«

»Laß mich diese Lieferung überprüfen«, schwallte der Krakenmann: Woraufhin er in ein Messingsprachrohr blubberte, welches gleich neben dem Lieferanteneingang angebracht war.

Eine schlängelige Stimme antwortete, und dann sagte der Krakenmann zu Alice: »Du darfst (vorbehaltlich!) eintreten.«

So kam es, daß Alice und Celia vorbehaltlich Eintritt in das Rathaus von Manchester gewährt wurde. Es war sehr hallend und auch sehr kalt in diesen geheiligten Hallen und Korridoren: Es war ein wundersamer steinerner Bau des Staunens, durch den das schwippschwesterliche Paar hallte wie Kopien ihrer selbst. Das Allerseltsamste am Rathaus aber war, daß sie auf ihrem Weg durch das Gebäude niemandem begegneten! »Ich hatte immer gedacht, ein Rathaus wäre ein sehr *geschäftiges* Gebäude«, hallte Alice. »Vielleicht gehen sie ihren Geschäften im Geheimen nach?« hallte Celia. Schließlich kamen Alice und Celia an ein Schild mit der Aufschrift die AUSRADIERABTEILUNG, unter welchem hindurch sie in einen großen, hallenden Raum der Leere eintraten.

OYSTERS USE REAR ENTRANCE
DELIVERIES ONLY
NO PARKING

»Wo sollen wir uns jetzt hinwenden, Celia?« hallte Alice, während sie grübelnd einen Schilderbaum betrachtete, an welchem Wegzeiger für DIE SCHATZABTEILUNG, DIE FLÜSTERABTEILUNG, DIE FOLTERABTEILUNG, DIE ABSCHÄTZABTEILUNG und DIE KUNGELABTEILUNG sprossen.

»Ich vermute, daß die von uns gesuchte Abteilung hier nicht ausgeschildert sein wird«, hallte Celia. »Wir wissen, daß die Gesetzesvipern ihre Beweisstücke im Keller des Rathauses aufbewahren, also sollten wir vielleicht nach der Abwärtsabteilung suchen?«

»Aber wenn eine Abteilung nicht ausgeschildert ist, wie sollen wir sie dann finden? Ach, wenn ich doch nur den kleinsten Hinweis hätte!«

Und genau da rief Celia plötzlich: »Alice! Sieh dir den Fußboden an!«

Alice sah sich den Fußboden an. »Du meine Güte«, hallte sie, denn der Marmorboden, auf dem sie standen, war sorgfältig in exakt *zwölf übergroßen Puzzleteilen* gefliest! Und jedes von ihnen zeigte ein mosaikhaftes Abbild jedes einzelnen Geschöpfs, nach dem Alice suchte. Miss Computermite war dort genauso zu sehen, wie Captain Ramshackle und der schlängelige Untergehilfe, dem sie im Gartenlabyrinth begegnet waren, und das Hühnerding, das sie in James Marshall Hühnerkleins automatisiertem Bauch gefunden hatten. Diese letzten beiden Fußbodenteile waren mit breiten schwarzen Kreuzen übermalt. (»Ich frage mich, was diese schwarzen Kreuze zu bedeuten haben?« überlegte Alice.) Auf dem Boden war auch der Zebramann zu sehen, der Whippoorwill über die gefährliche Straße geholfen hatte, und der Trompete spielende Schneckenmann namens Long Distance Davis. Die nächsten vier Teile zeigten die Katzenfrau Whiskers MacDuff, den tot im Bibliorinth gefundenen Fischmann, Professor Chrowdingler und den Spinnenjungen Quentin Tarantula, nach dessen *kleinerem* Teil sie derzeit suchten. Alle vier dieser letzten Fußbodenteile waren ebenfalls mit ominösen schwarzen Kreuzen durchgestrichen.

»Ich schließe daraus«, hallte und schloß Celia, »daß die schwarzen Kreuze bereits ermordete Opfer bedeuten. Deshalb nennen die Vipern diesen Raum die Ausradierabteilung.«

»Aber das heißt ja, daß Pablo Ogdens automatisierter Gitarrenspieler ermordet wurde!« hallte Alice.

»So ist es. Und Pablo wird *mächtig* böse darüber sein!«

»Aber das Bild der Untergehilfen-Schlange ist ebenfalls schwarz durchkreuzt: Warum sollten die Gesetzesvipern einen von ihresgleichen ermorden?«

»Vielleicht war er ja ein Verräter an der Sache?« hallte Celia. »Vielleicht hatte der Untergehilfe entschieden, daß Mord als Mittel den Zweck nicht rechtfertigt?«

(Einstmals hatte ich, in meiner Eigenschaft als Erzähler, überlegt, dem Leser genauestens zu beschreiben, wie der Körper einer Schlange aussehen würde, nachdem sie Opfer eines Puzzlemordes geworden ist, doch mir jenen transformierten Leib vorzustellen, entpuppte sich als ein schwieriges Problem. Damit will ich folgendes sagen: Wie soll man denn überhaupt eine Schlange zerstückeln und neu zusammenfügen? Es sind ja gar nicht genügend *Teile* an einer Schlange, um sie neuerlich zusammenzusetzen. Ich vermute zwar, daß man den Kopf dort anbringen könnte, wo der Schwanz war, und den Schwanz dort, wo zuvor der Kopf war, aber das ergäbe doch nur eine Schlange, die in die entgegengesetzte Richtung schaut! Am Ende gab ich auf; der geneigte Leser muß es sich also ohne meine Hilfe vorstellen.)

Alice suchte den Boden eifrig nach den letzten beiden Teilen ab. »Schau doch, Celia!« rief sie. »Da ist ein Abbild von Whippoorwill! Die Gesetzesvipern wollen Großtante Ermintrudes Papagei ermorden! Das kann ich *einfach* nicht dulden! Aber ich frage mich, wo wohl das zwölfte Puzzleteil sein mag?«

»Ich denke, wir müssen wohl auf dem zwölften und letzten Teil *stehen*«, meinte Celia. Alice und Celia blickten zu Boden, um zu sehen, auf wessen Abbild sie standen...

Doch unter ihnen befand sich nur ein *Loch!* Eine gewisse Aussparung im Boden!

O nein! Es ist DIE ABWÄRTSAB…

TEI…

LUNG!

Alice rief Celias Namen, während sie in den gähnenden Abgrund einer Ellipse im Marmor stürzten…

»Ce…

li…

a…

!

!

!

«

Alice landete (mit einem leisen Plumps!) auf einem riesigen Bett aus Matratzen. »Das ist beileibe das weichste Ding, auf dem ich bei allen meinen Abenteuern je gelandet bin!« bemerkte Alice, während sie auf und ab federte. Sie fühlte sich so wohl in ihrer neuen Welt, bis sie erkannte, wo genau sie sich befand…

Lebendige Schlangen!

Alice befand sich im Keller des Rathauses, und ihr weiches Bett aus Matratzen war in Wirklichkeit ein gigantisches, brodelndes Meer von Vipern, die sich beständig zu immer neuen Konstellationen ent- und verschlangen. Alice hüpfte von einem Fuß auf den anderen, um bloß nicht das Gleichgewicht zu verlieren!

Der Keller erstreckte sich Meilen und Meilen und Abermeilen weit, und die Vipern füllten jeden einzelnen Zentimeter jeder einzelnen Meile. Alice hatte schon von Seeschlangen gehört, doch noch nie zuvor von einer See aus Schlangen: Und nun trieb sie tatsächlich auf einer ebensolchen! Weit, weit über sich konnte Alice das winzige puzzleteilförmige Loch in der Decke ausmachen, durch das sie und Celia gefallen waren. Celia war nirgends zu entdecken, doch Alice blieb nicht einmal Zeit, den Namen ihrer Au-

tomatisierten Schwester zu rufen, denn just in diesem Moment begann sich der schlängelnde Boden unter ihren Füßen zu bewegen!

Unvermittelt ritt Alice auf der Krone der brandenden Woge von Gesetzesvipern! Alice war ein Vipernsurfer! Schließlich wurde sie auf den Mittelpunkt des Kellers zugeschwemmt, wo sich der riesige Kopf einer gräuslich verwachsenen Schlange aus dem wimmelnden Malstrom erhob. Dieses monströse Reptil hatte funkelnde schwarze Schlitze anstelle von Augen; sein langes Maul endete in einem Paar kiefergleicher Türen, die sich ganz langsam öffneten und zähen Geifer herabtropfen ließen; die Giftzähne waren wie zwei Speere, spitz und auf den Punkt gebracht.

»Guten Tag. Mein Name ist Alice«, stellte sich Alice knicksend und recht beklommen vor. »Sind Sie die Oberste Viper?«

Die Schlange ließ einen langen roten Teppich von einer Zunge hervorschnellen. Dieses gespaltene Sprechwerkzeug verwandelte Alice, in einem Verspritzen lispelnder Zischigkeit, in *Alissch*. »Alissch, endlich sschtehen wir einander von Angesschicht zu Angesschicht gegenüber!« geiferte die Schlange und spuckte und speichelte dann diesen Regen von Reimen:

»Alissch, erkennsscht du dassch Wunda
diesscher hehren Anaconda?
Alissch, isscht irgendwassch nobla
alssch diessche edle Kobra?
Kennt diessch Mädchen etwassch geschicktor
alssch diessche großssche Consschtrictor?
Kennt diessch Mädchen den Gevatter
diesscher ominösschen Natter?«

»Nun, ich gebe mir wahrlich alle Mühe, die Bedeutung Ihrer Worte zu enträtseln, Mrs. Schlange«, erwiderte Alice, »aber Sie scheinen doch recht unentschlossen, welche Art von Schlange

Sie sind!« Worauf die aufgeblasene Schlange mit einer letzten zischelnden Strophe konterte:

»Meine Alissch, macht'ssch dich bange,
dassch Gift diesscher tödlichen Sschlange?
Oder isscht'ssch die Angsscht vor der dritten Boa,
an Bord gesschmuggelt dem tumben Noah?«

»Soweit ich gelernt habe«, erklärte Alice, »wurde nur ein *Paar* von Boas an Bord der Arche gelassen. Wollen Sie damit sagen, daß eine dritte Schlange heimlich in Noahs Frachtraum kroch?«

»Jene überzählige Sschlange entkam dem Garten Eden«, antwortete die Oberste Schlange, »und von dort sschlängelte sschie sschich an Bord der Arche. Essch war Sschatan sschelbsscht in sschuppiger Masschke.«

»Satan war ein blinder Passagier auf Noahs Arche?« Alice erschauderte.

»Sschatan überlebte die Flut deinessch nichtigen Gottessch, in dem er sschich auf dem Klosschett der Arche versschteckte. Vierzig Tage und vierzig Nächte der Qual mußsschte er erdulden, bevor er entfliehen konnte, um abermalssch die Mensschheit heimzusschuchen. Heil Sschatan, Herr aller Sschlangen!«

Doch Alice hörte gar nicht zu. »Warum machen Sie aus jedem *s* ein *ssch?*« nörgelte sie. »Ich bin schon ganz naß von Ihrer Spucke!« (Normalerweise wäre sie nicht so unhöflich gewesen, doch der Regen aus Schlangenspeichel *brannte* auf ihrer Haut!)

»Ich habe eine Sschprachbehinderung«, züngelte die Schlange wütend, bevor sie mit ihrer Geschichte fortfuhr. »Wir Gesschetzesschvipern sschind die Kinder diesscher geheimen Fracht. *Wir* sschind die erhabene Obersschte Viper!«

»Ich dachte, Mrs. Minus würde versuchen, die Oberste Viper zu *werden?*«

»Man wird nicht Obersschte Viper; man wird nur eine bloßssche weitere *Windung* der Obersschten Viper. Wir Sschlangen sschind die Führer. Essch gibt nur eine Viper. Wir sschind Leviathan! Wir sschind die Weltensschlange! Der Basschilisschk!«

Mittlerweile war Alice so gut wie ertränkt in Schlangensaft, und ihre Haut brannte wie Feuer! Doch diese Unannehmlichkeiten hielten sie nicht davon ab, ein kleines gezacktes Holzstück zu bemerken, das am linken Fangzahn der Viper aufgespießt war. »Das muß das Spinnen-Teil von meinem Puzzle sein!« dachte sich Alice, »wie kann ich es nur zurückbekommen? Ich fürchte, daß diesmal selbst das Vaterunser nichts hilft, denn welches einzelne Gedicht könnte eine so furchteinflößende Schlange einschläfern?«

»Kleine Alissch…«, sagte die Viper mit einem Lispeln und einer Ellipse, »ich besschitze ein allsschehendessch Auge. Ich habe deinen Weg durch diessche Gesschichte verfolgt. Ich habe gesschehen, wie du die einzelnen Teile dessch Puzzlessch aufgesschpürt hasscht. Ich habe gesschehen, wie du die Beweissche für meinen Irrtum mit dem neumonisschen Fieber aufgedeckt hascht. Ich habe nur versschucht, diessche Welt besschsscher zu machen! Essch mußssch dir doch aufgefallen sschein, wie absscholut *willkürlich* die Gesschellsschaft wurde? Ich wollte nur, daßssch die Menschen die Gesschetze befolgen! Isscht dassch ein sscholchessch Verbrechen? Alsscho habe ich sschie alle mit dem Neumonie-Virussch angesschteckt, in der Hoffnung, aussch ihnen allen folgsschame Gefolgsschleute zu machen. Isscht essch meine Sschuld, daßssch dassch Experiment fehlgesschlagen isscht? Und kannsscht du essch mir und meinem Konsschortium verübeln, Alissch, daßssch wir versschucht haben, essch mit den Puzzlemorden zu vertusschen?«

»Ja, ich kann es Ihnen verübeln«, entgegnete Alice. »Ich gebe Ihnen die Schuld für *alles*.«

Bei dieser anklagenden Beschuldigung schnellte der Kopf der Obersten Viper vor und ihre Kiefer schlossen sich um Alice. Alice wurde von dem riesigen Maul gepackt; die Zwillingsspeere der Giftzähne bohrten sich in ihre Haut! Alice gelang es (in ihren letzten Augenblicken), das spinnige Puzzleteil vom linken Fangzahn zu nesteln. Und *dann* wurde sie mit Haut und Haaren und Trägerkleid verschluckt!

Hinunter, hinunter und hinunter! Weiter, weiter und weiter! Herum, herum und herum! Alice hatte keine Ahnung, daß eine Schlange so viele Windungen und Wendungen besaß. Verschluckt zu werden, machte Alice zwar sehr schwindelig, doch das hielt sie nicht davon ab, das Puzzleteil der Spinne sorgfältig zu den anderen neun in ihrer Trägerkleidtasche zu stecken. »Was für ein merkwürdiger Zufall!« sagte sie sich, während sie immer tiefer hinabrutschte, »noch vor wenigen Stunden habe ich selbst einen Worm verschluckt; und jetzt werde ich von einer Schlange verschluckt! Die Zukunft ist voller verschlungener Windungen!«

Endlich landete Alice in einer kleinen dunklen Kammer, die nur einen penibel sauberen Schreibtisch enthielt: Hinter dem Schreibtisch saß ein penibel sauberer Mann mit einem penibel sauberen Füllfederhalter in seiner penibel sauberen Hand; er schrieb ganz versunken etwas in ein penibel sauberes Register. »Deinen Namen, bitte?« fragte er penibel säuberlich.

»Alice.«

Der penibel saubere Mann schrieb Alicens Namen in das Register, ohne sie dabei anzuschauen. »Der Zweck deines Aufenthalts in Mampfchester?« fragte er.

»Ich will einen Weg hinaus finden«, antwortete Alice, woraufhin der penibel saubere Mann verdutzt aufschaute.

»Einen Weg hinaus?« stammelte er. »Es gibt keinen Weg hinaus! Das hier ist *Mampf*chester! Der Ort, an den alles Essen wandert, nachdem es verschluckt wurde.«

»Wie heißen Sie, penibel sauberer Mann?« erkundigte sich Alice.

»Mein Name *ist* Penibel Saubermann; und was ficht es dich an?«

»Ich möchte zurück nach Manchester, Mr. Saubermann.«

»*Man*chester? Hast du eine Kitzelkarte?«

»Oh, was für ein Zufall, Mister Saubermann!« frohlockte Alice, denn sie erinnerte sich an Zenith O'Clocks Versprechen. »Ich habe tatsächlich eine Kitzelkarte!« Alice zog Whippoorwills grüngelbe Feder aus ihrer Trägerkleidtasche.

»Oooh, eine grün-gelbe Feder!« rief Penibel begeistert und riß sie Alice aus der Hand. »Ich habe mir immer eine grün-gelbe Kitzelfeder gewünscht! Jetzt kann ich die Chimäre besuchen!« Und mit diesen Worten machte er sich daran, Alicens Nase mit der Feder zu kitzeln! Und dann seine eigene! »O ja!« stöhnte er verzückt und gänzlich *unsauber.* »O ja! Nimm mich!«

Alice bemerkte drei geschlossene Türen jenseits des Schreibtisches. Jede trug ein kleines, handgeschriebenes Schild: Das Schild an der ersten Tür lautete DIE DRITTE TÜR IST DIE SICHERE TÜR; das Schild an der zweiten lautete DIE ERSTE TÜR LÜGT; das Schild an der dritten lautete DIE ZWEITE TÜR IST IN WIRKLICHKEIT DIE ERSTE TÜR. »Meine Kleine, wähle deine Tür mit Bedacht!«, kicherte Saubermann kitzelnd, »eine von ihnen führt nach Mampfchester; eine andere nach Unchester; eine weitere von ihnen führt nach Manchester, und das ist die einzig sichere Tür: Die anderen beiden sind tödlich.«

»Aber für welche Tür soll ich mich bloß entscheiden?« fragte sich Alice. »Ach, wäre doch nur die Automatisierte Alice noch bei mir! Celia würde dieses Problem mit Logik lösen. Aber da Celia nicht bei mir ist, muß ich so tun, als ob ich sie wäre. Nun, laßt mich überlegen ...« Und Alice logizierte wie folgt: »Die erste Tür behauptet, die dritte Tür sei die sichere Tür, doch die zweite Tür behauptet, die erste Tür würde lügen, also ist vielleicht die zweite Tür die sichere Tür. Andererseits sagt die dritte Tür, daß die zweite Tür in Wirklichkeit die erste Tür sei, daher ist es die zweite Tür, die lügt, was wiederum bedeutet, daß die erste Tür die Wahrheit sagt: Also muß die dritte Tür die *sichere* Tür sein ...«

»Schnell, Alice!« lachte Saubermann. »Die Stunde der Entscheidung ist gekommen!«

Alice öffnete die dritte Tür und trat hindurch.

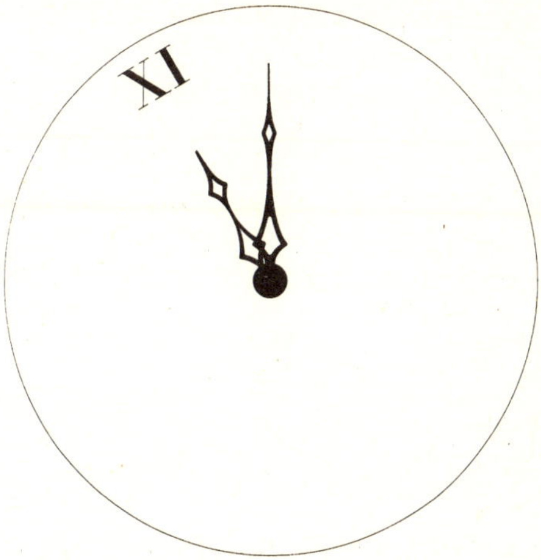

Dorothy, Dorothy und Dorothy

Alice stieß die Tür auf und trat ein.

Ein alter, alter Mann saß an einem Eßtisch, auf dem zwei Teller mit Braten, Karotten und Kartoffeln anheimelnd vor sich hin dampften. Der Duft des Essens erinnerte Alice daran, daß sie schon sehr, sehr lange nichts mehr gegessen hatte (das heißt, abgesehen von einem kleinen Worm!). »Du mußt sehr hungrig sein, Alice«, meinte der Mann und deutete auf den zweiten Teller, »möchtest du dich nicht zu mir setzen?«

»Vielen Dank, Sir«, sagte Alice und setzte sich.

Und der alte Mann sah Alice an. Er studierte sie ausführlichst, so als wolle er sie sich auf ewig in sein Gedächtnis einprägen: Doch das kleine Mädchen war so vollends damit beschäftigt, den Braten zu futtern, daß es seine eingehende Musterung gar nicht bemerkte. »Hast du mich denn schon vergessen, Alice?« fragte der alte Mann schließlich, als er all seinen Mut zusammengenommen hatte.

Diese Frage ließ Alice einen Moment lang innehalten (mit einer Gabelvoll gedünsteter Karotten auf halbem Weg zu ihren Lippen) und den alten Mann auf der anderen Seite des Tisches anschauen. Und was sie da sah, ließ sie ihr Messer und ihre Gabel auf dem Teller ablegen. »Mister Dodgson!« rief sie aus und sprang vom Tisch auf und lief zu dem alten Mann, um ihn zu umarmen und zu herzen. »Sie sehen so schrecklich alt aus, Sir«, flüsterte sie ihm zu, »und sind das Tränen in Ihren Augen?«

»Und ist das Bratensaft da an deinem Kinn?« gab der alte Mann zurück.

»Aber was machen Sie denn in Manchester, Mister Dodgson?«

»Das hier ist nicht Manchester, Alice; du hast die dritte Tür gewählt, und das war die falsche Tür.«

»Aber ich habe das Problem doch mit Logik gelöst! Wie konnte ich mich da irren?«

»Du hast vergessen, dich daran zu erinnern, daß die zweite Tür in Wirklichkeit die erste Tür war, und daher war die dritte Tür *in Wirklichkeit* die zweite Tür.«

»Also hätte ich die *zweite* Tür nehmen sollen?«

»So ist es, liebe Alice«, antwortete der alte Mann mit einer weiteren Träne. »Die zweite Tür hätte dich in Sicherheit geführt, während die dritte Tür dich nur nach Unchester geführt hat. Dies ist die Welt, in die die Lebenden kommen, nachdem sie mit dem Leben fertig sind. Hier lebe ich jetzt, nachdem ich mein Leben im Jahre 1898 beendet habe.«

»O Mister Dodgson!« rief Alice, »bedeutet das, daß ich ebenfalls gestorben bin?«

»Du wurdest von der Obersten Viper verschluckt, Alice, im dritten meiner Bücher über dich. Ich habe wirklich alles versucht, um dich zu beschützen, aber ich war zu alt und zu müde, um dich zu retten. Ich fürchte, es bedeutet *tatsächlich*, daß du gestorben bist.«

»Und wurde Celia ebenfalls verschluckt?« fragte Alice.

»Glücklicherweise ist es mir gelungen, Celia die Flucht zu erlauben. Ich stellte fest, daß ihre überragenden automatisierten Kräfte es ihr ermöglichten, dem Maul der Viper zu entrinnen.«

»Aber wo ist Celia jetzt?«

»Möchtest du etwas von dem Pudding, Alice?« fragte der alte Mann.

»Ich habe jetzt keine Zeit für Pudding!« wütete Alice (höchst unhöflich, wie ich finde). »Ich will meine Schwippschwester wiederhaben! Und ich will nach Hause!«

»Aber das ist unmöglich, Alice. Das überschreitet meine vurtuosen Fähigkeiten. Was weg ist, ist weg...«

»Aber Sie sind ein *Virtuose* des Erzählens, wie kann es Ihnen da unmöglich sein?«

»Ich sagte nicht virtuos: Ich sagte vurtuos, mit einem *U* anstelle eines *Is*.«

»Aber ich will dem allen hier entfliehen, im Gegensatz zu *Ihnen*, Mister Dodgson.«

»Nun, laß mich mal sehen«, überlegte der alte Mann, »ich war eine *reale* Person, die einstmals eines natürlichen Todes gestorben ist: Aber du, Alice, bist sowohl eine *reale* als auch eine *imaginäre* Figur, und wie kann die Phantasie getötet werden? Vielleicht gibt es da doch noch eine kleine Möglichkeit, wie deine Geschichte fortgesetzt werden kann... obwohl es bedeuten würde, gegen alle Gesetze des Lebens, des Todes und des Erzählens zu verstoßen.« Die Tränen des Reverends fielen wie Pfützen auf seinen erkalteten Braten. »Ich hatte mir so gewünscht, wir könnten mehr Zeit zusammen verbringen, Alice«, preßte er hervor, »aber vielleicht mußt du mich tatsächlich jetzt verlassen...« Und dann beugte sich Reverend Dodgson dicht über Alicens Gesicht und sprach diese letzten Worte: »Wird mir diese kleine Alice einen Kuß zum Abschied geben?«

Alice küßte ihn, und die Lippen des alten Mannes schmeckten salzig von Leben...

»Flummoxy Wummoxy!«

»Wie bitte?« sagte Alice.

»Wibbily Wobbily!«

»Ich fürchte, ich verstehe nicht.«

»Lubberly Jubberly!«

»Wer sind Sie?« erkundigte sich Alice.

»Flippety Floppety!«

»Ach, wo bin ich denn nur?« rief Alice.

»Chimärie Schimmerie!«

»Dies ist die Chimäre?«

»Flatterie Platterie!«

»O je!« seufzte Alice, »es scheint so, als wäre ich in einer Chimärenschau gelandet. Mister Dodgson muß mich irgendwie hierhergeküßt haben.«

»Misterly Dodgily!«

»Also sind Sie Flippety Floppety?« fragte Alice den orangeblauen Hasen, der um sie herumstakste. »Ich habe Ihren Namen auf einem Chimärenplakat gelesen, nicht wahr, Mister Hase?«

»Plakaterie Pikanterie!« kicherte der animierte Hase, während er einen Satz machte und sich an Alicens Bein klammerte!

»Was mache ich nur hier?« rief Alice, während sie sich verzweifelt nach einem Fluchtweg umschaute. Ein weiches, weißes Licht erfüllte die gesamte Leere, in der sie gefangen war, und in und um diese Leere herum tanzte und lachte eine Gruppe von feixenden Kindern. Diese Kinder lachten alle hämisch über Alicens Versuche, den klammernden Flippety-Floppety-Hasen abzuschütteln.

»Alice, endlich bist du hier!« machte sich eine andere Stimme bemerkbar. »Ich warte schon eine schiere *Ewigkeit*!« Es war Captain Ramshackles Stimme, die Alice da aus dem Nichts rief, bis sie bemerkte, daß inmitten der Kinder das erwachsene Dachsgesicht des Captain Ramshackle hervorlugte!

»Captain Ramshackle!« rief Alice, »was machen *Sie* denn hier?!«

»Ein kleines Vögelchen hat mir verraten, wo ich dich finden kann«, antwortete der Dachsmann.

»Handelt es sich bei diesem Vögelchen vielleicht um den Papagei Whippoorwill?« wollte Alice wissen.

»Eben der«, erwiderte Ramshackle. »Er sagte mir, daß du derzeit in der großen Flatter im Chimärenpalast in Rusholme zu sehen seist. Diese Matineevorführung heißt ›Flippety Floppety flippt aus‹; es ist eine Kinderprojektion, und du, Alice, spielst diese Woche die Gastrolle darin.«

»Fastilie Gastilie!« kiekste der Hase, während er höher an Alicens Körper hinaufkletterte.

»Aber was ist eine Chimäre?« fragte Alice den Captain, »und wie kann ich diesem ungestümen Hasen entkommen?«

Und die Kinder lachten über diesen großen Spaß!

»Eine Chimäre ist wie das Theater oder eine Laterna-magica-Vorführung«, erklärte Ramshackle, »nur daß sie *realer* ist. Du mußt deine Nase mit einer Kitzelfeder kitzeln, und dann wirst du tatsächlich zu einem Teil der Geschichte. Du wirst mit der Geschichte *gleichgeschaltet*. Man nennt es ein versammeltes vurtuelles Erlebnis.«

»Aber wie kann ich dem Erlebnis entrinnen, vurtuell versammelt zu werden?« fragte Alice und betonte dabei deutlich das *U*.«

»Das ist ganz leicht«, sagte der Dachsmann, »du mußt dich selbst abschalten.«

»Aber wie kann ich mich denn selbst ausschalten?«

»Sag einfach nur laut die Worte GENUG DES STAUNENS.« Und als Ramshackle die Worte GENUG DES STAUNENS laut sprach, wurde er eins mit dem Licht und verschwand aus der Chimäre. Also tat Alice es ihm nach. »Genug des Staunens!« rief sie laut…

Daraufhin fand Alice sich auf einem kalten, klammen Sitzplatz in der Dunkelheit neben Captain Ramshackle wieder. Vor ihnen an der riesigen Wand flatterten die Abbilder von Flippety Floppety und den Kindern, und überall um sie herum im Publikum saßen die Kinder *höchstselbst* und kitzelten sich ihre kleinen Stubsnasen mit einer Vielzahl von Kitzelfedern. Die Augen der Kinder waren glasig wie Milchglasscheiben und funkelten vor Staunenstaub. Captain Ramshackle entkitzelte erst seine Nase und nahm anschließend Alice bei der Hand, um sie zu einem beleuchteten WIRKLICH HIER ENTLANG-Schild zu führen.

Draußen, vor dem Rusholmer Chimärenpalast, hockte Pablo Ogdens Gartenschuppen geduldig auf dem Beton. Captain Ramshackle führte Alice zur Tür des Schuppens, wobei er auf dem Weg berichtete: »Nachdem ich Professor Chrowdinglers tragische Geschichte vernommen hatte, hielt ich es für das beste, alle lebendig-

verbliebenen Zeugen des mörderischen Puzzleplans der Gesetzesvipern zu versammeln, um sie so besser schützen zu können. Und hier sind sie alle!« Mit diesen Worten öffnete er die Schuppentür und schubste Alice hinein.

Alice schaute sich in dem proppenvollen Gartenschuppen um, und da waren sie in der Tat alle! Da war Miss Computermite, inzwischen zu menschlicher Größe angewachsen; und da war der Zebramann (dessen Name, wie sich herausstellte, Streifie lautete); und da war Long Distance Davis, der Schneckenmann, der eine einsame Note auf seiner Trompete blies! Und da, o da! war Pablo Ogden, der umgekehrte Schlachter, höchstselbst, weinend über einen Müllhaufen gebeugt, welchen Alice als die ermordeten und zerpuzzelten Überreste von James Marshall Hühnerklein erkannte. »Wie können sie es wagen, meine erhabenste Schöpfung derart zu verschandeln?« heulte Pablo. »Die dummen Vipern werden für diese Untat teuer bezahlen!«

Nur Celia, die Automatisierte Alice, fehlte: Doch Alice blieb nicht einmal eine Sekunde, um darüber nachzugrübeln, denn augenblicklich brüllte Streifie der Zebramann (mit schwarzweißer Stimme): »Pablo, die Polizei nähert sich mit Knotengeschwindigkeit von Bug-Steuerbord!«

»Und sie kommen in ihrem Flügelschrauber!« fügte Ramshackle hinzu.

»Das ist nicht die Polizei«, quiekte Miss Computermite, »das ist Mrs. Minus!« (Ob dieser Nachricht verschwand Long Distance Davis augenblicklich in seinem Hut-Haus, was wenigstens etwas mehr Platz im Schuppen schaffte!)

»Alle Mann an Deck!« brüllte Pablo, und Alice glaubte einen Moment lang tatsächlich, sie befände sich auf einem *Schiff*, besonders als Pablo eine Reihe von Hebeln betätigte und sich der Gartenschuppen auf seinen wackeligen Hühnerbeinen erhob. »Wohin soll's gehen, Alice?« rief er und übernahm das Steuer.

»Zum Haus meiner Großtante Ermintrude in Didsbury!« erwiderte Alice.

»Ich bin nicht sicher, ob ich den Weg dorthin kenne«, gestand Pablo.

»O je«, seufzte Alice, »ich auch nicht.«

»Wenn ich einen logischen Vorschlag machen dürfte«, meldete sich Miss Computermite zu Wort, »vielleicht sollten wir jenem grün-gelben Papagei folgen; *er* scheint den Weg zu kennen.«

»Mit Volldampf voraus!« donnerte Pablo, und schon setzte sich der Schuppen in Bewegung und stakste im Sauseschritt die Straße entlang.

»Whippoorwill!« rief Alice und stürzte zum vorderen Fenster des Schuppens, um den bunt schillernden Flug des Papageien zu verfolgen. »Wie spät ist es, Captain Ramshackle?« erkundigte sie sich (obgleich sie es kaum zu fragen wagte!). Der Dachsmann schaute auf seine Handgelenkuhr: »Es ist gerade, fast auf die Minute genau, aber noch nicht ganz, halb zwei vorbei.«

»Es bleiben noch dreißig Minuten«, zählte Alice an ihren Fingern ab. »Ich hoffe, wir kommen rechtzeitig dorthin!«

Immerhin legten sie mittlerweile ein beachtliches Tempo vor: Der Gartenschuppen hatte sie bereits die Oxford Road entlang getragen. (Du hättest sehen sollen, wie er über die Häuser *sprang*!) Schon eilten sie die Wilmslow Road hinunter auf Didsbury zu, und was für ein fabelhaftes Transportmittel ein solch wandelnder, laufender, hüpfender und springender Gartenschuppen doch ist: Wie mühelos er über die dahinrasenden Pulks von Auto-Pferden hinwegsteigen kann! Miss Computermite war aus dem Fenster geklettert (was ausgesprochen leicht ist, wenn man *sechs* Beine hat!): Sie saß nun auf dem Dach des Schuppens und wies von dort den Weg und hielt mit ihren Stielaugen nach dem Geflatter des entfernten Papageien Ausschau. Streifie der Zebramann war am Rückfenster des Schuppens postiert: Seine Aufgabe bestand darin, Mrs. Minus' automatisierten Flügelschrauber im Auge zu behalten. (»Sie holt auf, Pablo!« lautete Streifies unablässiger Ruf. »Schneller! Schneller!«) Pablo stand am Steuer und setzte alle Hebel in Bewegung, um den Schuppen anzutreiben. Long Distance Davis war noch immer fest und sicher eingerollt in seinem Hut-Haus (das über den Boden kugelte wie eine korkenzieherförmige Kegelkugel und jeden Moment drohte, aus dem Schuppen zu kullern!) Alice gab sich alle Mühe, sich nützlich zu machen, ganz im Gegenteil zu Captain Ramshackle. Dieser versuchte ganz und gar nicht, sich nützlich zu machen! Statt dessen tanzte er aufgekratzt umher, während er eine weitere Strophe seines kleinen Liedes sang:

»Mögen Gartenschuppen mit reichen Listen
die grausigen Schlangen narren;
Doch ich will nur den Grund, den tristen,
für diese Puzzles, die bizarren.«

Aber irgendwie gelang es den sechs wundersamen Reisegefährten, an Bord zu bleiben und keinen Schiffbruch zu erleiden. (Oder sollte ich besser *Schuppenbruch* sagen?) Wie auch immer, das unerschrockene halbe Dutzend kam ohne Schiffbruch *oder* Schuppenbruch gut voran. Sie sausten durch Rusholme; sie pflügten durch Fallowfield, und sie flitzten durch Withington – bis endlich Didsbury und sein weitläufiger Friedhof in Sicht kamen. Der Ort, an dem Manchester seine Toten begrub. Alice blickte aus der wankenden Höhe des Gartenschuppens herab und versuchte, das Haus ihrer Großtante ausfindig zu machen. Der Friedhof wirkte bedeutend *weitläufiger* als Alice ihn erinnerte, doch sie nahm an (natürlich zu recht), daß seit ihrem letzten Besuch im Jahre 1860 viel, viel mehr Menschen gestorben sein mußten. Just in diesem Moment erspähte sie Whippoorwill, der gerade auf dem halb eingestürzten Dach eines alten, verfallenen Hauses landete. »Das kann nicht sein!« sagte Alice. »Großtante Ermintrude hätte ihr Haus *niemals* so verkommen lassen!« Doch das Haus schien gewiß an der richtigen Stelle zu stehen, soweit Alice sich jedenfalls erinnern konnte: Es war einfach nur so, daß der Friedhof in den dazwischenliegenden Jahren derart gewachsen war, daß er tatsächlich das alte Haus eingekreist hatte!

»Setzen Sie mich hier ab, Pablo!« wies Alice den Schuppenkapitän an.

»Ich denke nicht, daß mir eine andere Wahl bleibt«, antwortete Pablo.

»Wie meinen Sie das?« fragte Alice.

»Flügelschrauber nähert sich heckseits, Pablo!« brüllte Streifie der Zebramann. »Ihre Kanone ist geladen!«

»Ich vermute, man wird gleich auf uns feuern!« rief Pablo. »Jetzt nur keine Panik!«

Aber natürlich brach an Bord augenblicklich Panik aus, besonders als sie hörten, wie die Kanonenkugel durch die Luft auf sie zu*zischte*! Das Geschoß traf das linke Bein des Schuppens! Es brach

ERMINTRUDE
AND
MORTIMER
PEABODY
NOT DEAD,

wie der Schlegel eines Brathähnchens, das man zu lange im Ofen gelassen hatte, und dann kippte die ganze *Welt* seitwärts und krachte zu Boden!

Alle purzelten aus dem gestürzten Schuppen auf den Friedhof. Der Gartenschuppen zersplitterte in tausend Trümmer, und Pablo Ogden reckte wütend seine Faust zu dem über ihm schwebenden Flügelschrauber. »Wie können Sie es wagen!« beschimpfte er Mrs. Minus, die ungerührt aus sicherer Höhe von ihrem Flügelschrauber herabschaute; die Schlangenfrau lächelte ihn maliziös mit ihren bösartigen kleinen Fangzähnen an. »Für diese Zerstörung werden Sie teuer bezahlen!« donnerte Pablo.

»*Sie* sind mir egal«, erwiderte Mrs. Minus. »Ich will nur Alice.«

Diese wollte allerdings nicht von Mrs. Minus gewollt werden; Alice wollte nur rechtzeitig für ihre Zeitreise das Haus ihrer Großtante erreichen. Überall um sie herum ragten Grabsteine und Engelsstatuen auf. Das alte Haus stand inmitten all dieser Mahnmale und sah so tot wie ein Türpfosten aus. Ja, selbst die Türpfosten der verrotteten Tür sahen so tot wie Türpfosten aus!

Alice schaute sich eilig um, um sich zu vergewissern, daß all ihre Reisegefährten am Leben und wohlauf waren. Miss Computermite war wieder zu ihrer ehemaligen Größe zusammengeschrumpft, um eiligst in die nächste Ritze flüchten zu können; Long Distance Davis hatte sich in eine feuchtglänzende Schnecke verwandelt, die an der Kante eines Grabsteins entlangkroch; der Zebramann Streifie war zu einem bloßen Spiel von Licht und Schatten zwischen den Grabmälern geworden; Captain Ramshackle grub bereits einen tiefen Abgang in die Friedhofserde. Pablo Ogden wetterte noch immer gegen Mrs. Minus auf dem Flügelschrauber, welcher sich langsam gen Boden senkte.

Überall zwischen den Grabsteinen sammelten sich die Polizeihundemänner zu Rudeln, hielten jedoch weiterhin Abstand, und Alice konnte sich nicht erklären warum. Inspector Jack Russell trat aus dem Hunderudel vor, sah Alice aber nur über seine lange

Schnauze hinweg an; er *versuchte* nicht einmal, Alice zu verhaften. Diese war verwirrt von seinem ungewöhnlichen Verhalten, doch dann hörte sie Whippoorwill aus dem Garten des Hauses krächzen, und Alice lief eilig zu ihm. Es war natürlich nicht wirklich ein Garten, sondern nur eine Erweiterung des Friedhofs. Der Papagei hockte auf einem verwitterten Grabstein, welcher direkt vor dem Haus stand. Alice erwartete, daß der Papagei ihr ein weiteres Rätsel präsentieren würde, aber nichts dergleichen geschah.

Alice bemerkte vielmehr, daß er etwas Kleines in seinem Schnabel hielt, was ihn daran hinderte, auch nur ein einziges Krächzen von sich zu geben.

Es war ein Puzzleteil. Alice erkannte, daß dieses Puzzlestück Whippoorwills allerletztes Rätsel war. Sie nestelte es aus seinem Schnabel und sah, daß es das verwischte, gezackte Abbild eines grün-gelben Gefieders war. Alice steckte es flink zu den anderen in ihrer Trägerkleidtasche, und erst dann bemerkte sie die Namen, die in den Grabstein gemeißelt waren, auf welchem Whippoorwill hockte:

Ermintrude und Mortimer Peabody;
Sie sind nicht tot,
sie beschauen nur die Radieschen von unten

Tatsächlich sprossen überall um das Grab herum Radieschen aus dem Boden. Und mit einem Mal erinnerte sich Alice an Professor Chrowdinglers Gebot, daß sie einige Radieschen *rückwärts* essen müßte, um in die Vergangenheit zurückzukehren. Aber wie ißt man ein Radieschen rückwärts? Alice zog ein verwachsenes Exemplar am Strunk aus dem Boden und beugte sich dann tief herunter, um ihr Gesicht zwischen ihren Beinen hindurch nach hinten zu recken: Und dann biß sie in die Knolle. Der unartige Whippoorwill, dem ebenfalls ein Radieschen angeboten wurde, tat es ihr nach. Alice lachte beim Anblick eines so rückständigen Papageien!

Wenn Alice nun erwartete, holterdiepolter in das Jahr 1860 zurückversetzt zu werden, so wurde sie bitter enttäuscht. »O Whippoorwill!« jammerte sie, »die Chrownonen in diesem Radieschen zeigen keine Wirkung! Ich fürchte, wir sind auf immer in der Zukunft gefangen!«

Doch dann öffnete sich die Tür des alten Hauses mit einem knarrenden Seufzen, und Celia, die Automatisierte Alice, trat auf die Veranda. »Hab keine Furcht, meine kleine Schwester«, erklärte die Puppe gelassen, »wir sind fast zu Hause.« Celia glich Alice mittlerweile so sehr, daß Alice tatsächlich glaubte, sie würde sich selbst auf sich zukommen sehen!

»Celia!« rief Alice beglückt, »es ist dir also gelungen, das Haus unserer Großtante vor mir zu erreichen? Und es ist dir auch gelungen, den Schlangen zu entkommen!«

»Noch nicht ganz«, antwortete Celia, »denn ist das nicht Mrs. Minus, die da zwischen den Grabsteinen mit blitzenden Fängen auf uns zugekrochen kommt?«

Alice schaute über ihre Schulter: Und da war in der Tat die böse Gesetzesviper, und ihre Fänge blitzten *tatsächlich*! »Aber warum helfen Inspector Jack Russell und die anderen Polizeihundemänner Mrs. Minus nicht, mich zu verhaften?« fragte Alice.

»Professor Chrowdingler hatte ihren Beweis für das Neumonie-Verbrechen der Vipern gestern per Post an die Polizei geschickt«, berichtete Celia, »und der Inspector hat diesen Beweis vor gerade einmal einer halben Stunde erhalten.«

»Also ist die Polizei jetzt auf unserer Seite?«

»So scheint es.«

»Aber warum verhaften sie dann nicht Mrs. Minus?«

»Die Polizei hat Angst vor ihr.«

Alice schaute sich zu der herankriechenden Mrs. Minus um. Die Schlangenfrau glich mittlerweile mehr einer Schlange als einer Frau, und sie hatte eine gefährlich aussehende Pistole gezückt. »Nun, ich habe ebenfalls Angst vor ihr!« gestand Alice. »Ich auch!« krächzte Whippoorwill und flatterte eilig ins Haus.

»Und ich auch!« stimmte Celia mit ein. »Alice, komm schnell ins Haus!«

Es begann wieder zu regnen (und zwar recht heftig diesmal, sogar mit einigen zuckenden Blitzen!), während Alice ihrer Schwester hinterher in das antike Haus lief.

Sobald sie drin waren, verriegelten sie hinter sich die Tür und liefen in das Frühstückszimmer, aus dem Alice vor langer Zeit verschwunden war. Dort standen noch immer die uralte Standuhr und der leere Vogelkäfig, und es lag noch immer das unvollständige Puzzle auf dem Frühstückstisch. Nichts hatte sich verändert, bis auf eine dicke Staubschicht, die sich über das Mobiliar gelegt hatte, der Regen peitschte noch immer gegen die Fensterscheibe, und die Grabsteine des Friedhofs ragten noch immer düster unter den schwarzen Wolken auf, und noch immer zuckten die Blitze. Die Uhr *tick*tackte unbeirrt fünf vor zwei (obgleich sie nun von abscheulichen Spinnweben eingesponnen war).

Alice holte eilig die elf Puzzleteile aus ihrer Trägerkleidtasche und machte sich daran, sie in das verschimmelte alte Puzzle des Londoner Zoos einzufügen: die Termite in das Insektenhaus; den Dachs in das Dachshaus; die Schlange in das Reptilienhaus; das Huhn in das Geflügelhaus; das Zebra in das Säugetierhaus; die Schnecke in das Gastropodenhaus; die Katze in das Katzenhaus; den Fisch in das Aquarium; die Krähe in das Vogelhaus; die Spinne in das Arachnidenhaus; den Papagei ebenfalls in das Vogelhaus. Beim Einfügen dieses Puzzleteils flatterte Whippoorwill zurück in seinen Käfig. Elf Tiere waren nun wieder zu Hause, aber es fehlte noch immer das zwölfte Teil.

»Ach, wo kann dieses fehlende letzte Teil nur sein?« rief Alice verzweifelt und suchte das ganze Zimmer danach ab. »Es muß doch irgendwo hier sein! Hilf mir, es zu finden, Celia!«

Celia, die ihren Kopf in das Uhrgehäuse gesteckt hatte, sagte: »Ich gebe mir ja alle Mühe, Alice.« Dann zog sie den Kopf wieder heraus: »Aber alles, was ich bis jetzt gefunden habe, ist das hier.« In ihrer Hand hielt sie die allererste Feder, die Whippoorwill auf seinem Flug in die Zukunft verloren hatte.

»Die nützt uns nichts«, erwiderte Alice. »Schnell! Such weiter.«

»Vier Minuten vor zwei, Alice«, flüsterte die Uhr.

»O je!« klagte Alice. »Das Puzzleteil muß doch irgendwo sein! Vielleicht ist es hinter die Sofakissen gefallen?« Man stelle sich nur einmal ihre Überraschung vor, als sie sah, daß drei identische alte, grauhaarige Frauen auf dem Sofa saßen! Sie waren so von Staub und Spinnweben bedeckt und so uralt und runzlig, daß Alice sie bis zu diesem Moment für bloße Teile des Mobiliars gehalten hatte! »Und wer seid *ihr drei?*« verlangte sie zu wissen.

»Wir sind die Drillingstöchter von Ermintrude…«, antworteten sie wie aus einem Mund.

»Ich heiße Dorothy…«, sagte die erste Frau.

»Ich heiße ebenfalls Dorothy…«, fügte die zweite hinzu.

»Ich heiße ebenfalls und ebenfalls Dorothy…«, vervollständigte die dritte.

»Dann seid ihr also die Antwort auf meine Lektion für die Schreibstunde!« sagte Alice. »Ihr drei seid wie der Punkt und der Punkt und der Punkt einer Ellipse!«

»So ist es…«, antworteten die drei Dorothys einstimmig. »Wir sind die Ellipsenschwestern… und du mußt Alice sein…« Aber sie sprachen zu Celia!

»*Ich* bin Alice!« korrigierte Alice. »*Das* ist Celia.«

»Wir wußten gar nicht, daß du eine Zwillingsschwester hast, Alice…«, sagten die drei Frauen.

»Und ich wußte nicht, daß ihr drei Dorothys noch immer hier sein würdet«, erwiderte Alice. »Warum habt ihr das Haus derart verfallen lassen?«

»Die Zeit ist für uns zum Stillstand gekommen, seit du verschwunden bist, Alice... Wir haben nie geheiratet, mußt du wissen...«

»Drei Minuten vor zwei, Alice«, flüsterte die Uhr, und dann klopfte es mit einem Mal laut und wütend an der Haustür!

»O nein!« kreischte Alice.

»Das ist Mrs. Minus! Sie versucht hereinzukommen!« fügte Celia hinzu.

Es war alles zuviel für Alice: »Jetzt werde ich niemals das letzte Puzzleteil finden!« schniefte sie.

»Aber, liebe Alice«, beschwichtigten die Dorothy-Drillinge unisono, »*du* bist das letzte Puzzleteil...«

»Aber das ist unmöglich!« schluchzte Alice. »Ich bin ein Mädchen, kein Teil eines Puzzles!«

»Ich denke, sie könnten recht haben«, sagte Celia.

Alice lief zum Frühstückstisch. Dort lag das verstaubte alte Puzzlebild mit seinem gezackten Loch, wo das letzte Teil fehlte. Alice sah, daß das Loch nicht wirklich *in* einem der vielen Tierkäfige war: Es war vielmehr ein Loch auf den Gehwegen *zwischen* den Käfigen, jenen Gehwegen, auf denen die Besucher entlangschlendern konnten. Um genau zu sein, prangte das Loch am Kopf eines kleinen Mädchens! Und das Mädchen trug ein rotes Trägerkleid! »Nun, ich vermute, das könnte ich sein«, gestand Alice, »aber ich würde doch niemals in eine so *winzige* Lücke passen! Besonders nicht mit Celia!«

»Ich komme nicht mit, Alice«, verkündete Celia.

»Natürlich kommst du mit!« erklärte Alice mit Nachdruck.

»Ich fürchte, ich habe nicht von den Radieschen gegessen, Alice. Und die Wahrheit ist... es gefällt mir, in der Zukunft zu leben.« Celia steckte sich Whippoorwills verlorene Feder ins Haar, während sie dies sagte. »Die Zukunft ist mein wahres Zuhause.«

»Celia!« rief Alice, während die Uhr flüsterte: »Zwei Minuten vor zwei, Alice!«

»Alice!« donnerte Mrs. Minus, während sie mit ihrem schuppigen Schwanz auf die Haustür einschlug. Alles schien gleichzeitig zu passieren!

Unvermittelt meinte Celia zu Alice: »Sollen wir die Klappe in meinem linksseitigen Schenkel öffnen?«

»Die, die nur im *äußersten* Notfall zu öffnen ist?«

»Genau diese meine ich, Alice.«

Also öffnete Alice die winzige Tür in Celias Schenkel: Dahinter fand sie nur eine kleine Bleikugel mit der Aufschrift SCHIESS MICH AB. »Womit soll ich sie denn abschießen?« fragte Alice. Woraufhin Celia ihr Trägerkleid aufknöpfte.

»Eine Minute vor zwei, Alice!« ticktackte die Uhr und lief dabei in *höchst* beängstigender Weise immer schneller und schneller!

Die Haustür wurde zu Feuerholz zertrümmert! »Mrs. Minus ist ins Haus eingedrungen!« schrie Alice.

»Nur mit der Ruhe, meine Schwester. Mach mich bitte auf.« Celia hatte ihren nackten Porzellanbauch entblößt, in dessen Mitte eine weitere kleine Klappe eingelassen war. Alice öffnete diese Klappe und fand eine alte Duellpistole inmitten von Celias Innereien. FEUER MICH AB, stand auf dem daran befestigten Schild.

»*Die* kann ich nicht benutzen«, erklärte Alice.

»Pablo Ogden hat diese Pistole aus einem Grund in meinen Körper eingebaut«, erwiderte Celia. »Gib mir die Kugel.«

Alice reichte Celia die Bleikugel. Just in diesem Moment stürzte Mrs. Minus in das Frühstückszimmer! Sie hatte sich mittlerweile mehr oder weniger vollends in eine riesige Schlange verwandelt! Nur eine einzelne menschliche Hand ragte noch aus ihrem Reptilienleib, und diese hielt noch immer eine Pistole umklammert. Mrs. Minus zielte mit der Pistole geradewegs auf Alicens Herz. »Du wirst für deinen Verrat bezahlen, meine Kleine!« zischte sie, während sie den Abzug drückte.

Die Zeit stand eine einzelne Sekunde lang still.

Und mit einem Mal schrie die Schlangenfrau auf! Alice bemerkte, daß sich eine unsichtbare, doch mit scharfen Krallen bewehrte Katze auf Mrs. Minus gestürzt hatte.

»Mein guter Quark!« flüsterte Alice, »du bist gekommen, um mich zu retten!« Doch Mrs. Minus schüttelte die unsichtbare Katze ab und hob abermals ihre Waffe.

»Es ist zwei Uhr, Alice!« flüsterte die Standuhr, »Zeit, nach Hause zu gehen!« Und dann schlug die Uhr ihr Ding-Dong!

Und auf diesen ersten Schlag des Ding-Dongs hatte Celia ihre eigene Pistole geladen.

Mrs. Minus drückte ab, doch –

Celia drückte zuerst ab!

Mrs. Minus endete matsch-platsch verspritzt über alle Wände!

Alice kletterte auf den Eßtisch und sprang in das verbliebene Loch im Puzzle…

Und in der Zeit, die es dauert, die Seite eines Buches umzublättern…

**»Weißt du eigentlich,
wie spät es ist,
Alice?«**

... läutete die Standuhr den zweiten Schlag ihres Ding-Dongs, und Alice landete mit einem leisen *plumps!* in ihrem Ohrensessel und schreckte aus ihrem Schlaf auf.

»Oh, was für ein kurioser Traum!« sagte sich Alice. »Ja, er war beinahe *real*!« Sie rieb sich die Augen und schaute dann auf die Standuhr in der Ecke; es war mehr oder weniger Punkt zwei Uhr. »Ich muß im Sessel eingeschlafen sein!« Alice stand auf und ging ans Fenster; der Regen peitschte gegen die Scheibe, und die Blitze zuckten über dem Friedhof.

»Krächz, krächz!« krächzte Whippoorwill in seinem Käfig.

Unvermittelt flog die Eßzimmertür auf! »Weißt du eigentlich, wie spät es ist, Alice?« donnerte Großtante Ermintrude von der Tür aus.

»Ich denke, es ist gerade rechtzeitig«, antwortete Alice (ohne daß sie das hätte erklären können).

»Rechtzeitig!« wütete ihre Großtante. »Denkst du denn wirklich, das Leben wäre ein Spiel, Alice? Nun, laß mich dir etwas sagen: Das Leben ist eine schmerzlich erlernte Lektion! Ich nehme nicht an, daß du deine *letzte* Lektion über die korrekte Verwendung einer Ellipse gelernt hast?«

»Eine Ellipse, Großtante Ermintrude«, begann Alice ganz zuversichtlich, »ist eine Reihe von drei Punkten am Ende eines unvollendeten Satzes, die auf eine Aussparung von Worten hindeuten, auf einen gewissen verbleibenden Zweifel...«

»Sehr gut, Alice!« entgegnete Großtante Ermintrude (sehr überrascht), »doch ich fürchte, daß es das Wort Aussparung nicht gibt. Es gibt zwar eine Auslassung, und es gibt auch eine Einsparung, doch dazwischen gibt es nichts! Wir müssen *noch sehr hart* an deiner Grammatik arbeiten!« Und Ermintrude trat hinüber an den Eßtisch. »Ich sehe, daß du dein Puzzle vom Londoner Zoo beendet hast. Es ist dir also gelungen, die fehlenden Teile zu finden …?«

»Ja, es ist mir gelungen!« erwiderte Alice leise.

»Ach, du meine Güte! Da läuft eine widerliche weiße Ameise über das Puzzle …«

»Das ist keine Ameise, Großtante«, versuchte Alice einzuwenden, »das ist eine Termite.«

»Es ist mir egal, und wenn es ein preisgekrönter Pfau wäre! Ich dulde in meinem Haus kein solches Ungeziefer!« Und bevor Alice noch einschreiten konnte, hatte ihre Großtante das Geschöpf schon kaltherzig unter ihren Fingern *zerquetscht!* »Und wo ist die neue Puppe, die ich dir gekauft habe?« fragte ihre Großtante.

»Ich habe sie verloren, Großtante.«

»Du *willst damit sagen*, daß du nicht weißt, wo die Puppe ist?«

»Oh, ich weiß schon, wo sie ist, Großtante.«

»Dürfte ich dann wohl vorschlagen, Alice, daß du gehst und sie holst?«

»Oh, das werde ich, Großtante«, murmelte Alice, »eines Tages …«

»Hör auf, vor dich hin zu murmeln, du unartiges kleines Ding!« fuhr Ermintrude sie an. »Das ist sehr unhöflich! Es ist jetzt Zeit für die *heutige* Schreibstunde. Bleistifte gezückt! Bücher aufgeschlagen! Heute lernen wir den Unterschied zwischen den Vergangenheitsformen und Gegenwartsformen.«

»Über *diesen* Unterschied weiß ich bestens Bescheid!« sagte Alice (nur zu sich selbst natürlich!).

Und so begann die nächste Lektion, und die nächste danach, und dann die nächste danach: alle Lektionen des Lebens, die Alice lernen mußte, sowohl in Manchester, als auch nach ihrer Rückkehr

ALICE'S
ADVENTURES
IN
WONDERLAND
LEWIS CARROLL
ENGLISH
GRAMMAR
ELLIPSIS

in Südengland und dann den Rest ihres langen Lebens über. Alice erkannte mit der Zeit, daß das ganze Leben eine einzige lange, fortwährende, schmerzliche Lektion sein konnte. (Wenn man nicht aufpaßte, heißt das!) Aber Alice hatte auch erkannt, daß das Leben ein fortwährender Traum sein konnte, und selbst als Alice älter und älter und älter wurde, vergaß sie nie, einen kleinen süßen Traum in ihre schmerzlichen Lektionen einzulassen. Während ihrer trüberen Stimmungen fand sie Trost in den Erinnerungen an ihre drei Reisen in das Traumland: das *Wunder* des Lebens, den *Spiegel* des Lebens, die *Zukunft* des Lebens.

Diese Geschichte sollte eigentlich genau in diesem Moment enden.

Doch ich muß hinzufügen, daß Alice (nur *gelegentlich*) ein schreckliches Kribbeln in ihrem Kopf spürte. Ja, es war just so, als würden tausend Termiten mit kitzelnden Botschaften hin und her laufen! Und manchmal (nur *manchmal*), fühlte Alice eine gewisse Steifheit in ihren Gliedern, so als wären ihre Beine und Arme nicht ganz fleischlich fleischig genug. Oft ertappte sie ihre Gliedmaßen dabei, Dinge zu tun, die sie ihnen so eigentlich nicht befohlen hatte! In diesen Momenten vermeinte Alice tatsächlich, daß ihre Glieder ein Eigenleben hätten, so als wären sie automatisierte Körperfortsätze.

»Vielleicht wurde ich im Durcheinander jener letzten Augenblicke in der Zukunft mit Celia verwechselt?« fragte sich Alice manchmal ganz leise. »Vielleicht war es in Wirklichkeit ja die Automatisierte Alice, die zurück in die Vergangenheit gekommen ist?«

Und bis an das Ende ihrer gottgegebenen Tage war meine kleine, allerliebste Alice außerstande, mit Gewißheit zu sagen, ob sie wirklich real oder wirklich imaginär war...

Was meinst *du*, was sie war?

Entlang des trägen Stroms aus Zeit und Tränen,
Folgend der Bahn vom Morgen zum ewigen Schlafen,
Durch Stunden, Minuten, Wochen, langes Sehnen,
treiben wir dahin, bis in des Todes Hafen.
Mein Name nennt die Sonn' in ihrem höchsten Stand,
Gegen deren helle Strahlen selbst der Mond ist nicht immun.
An alle Leser dieser Zeilen eine Bitte;
Verzeiht mir dieses Überstrahlen von Carroll durch Noon.
Dodo Dodgson, lange tot, durfte Alice geleiten
In das grenzenlose Reich von Fabel und Feder.
Das Leben ist nur ein Traum im Wandel der Zeiten;
Das Reich des Traums ist des ewigen Lebens Geber.
Beende diese Geschichte, teure Alice im Automatenland;
Auf das geboren werde eine unsterbliche Alice.

MANHATTAN

»SPIEL DES JAHRES 1994«

Wer behält im Großstadtdschungel von Manhattan einen kühlen Kopf, wenn es darum geht, die Skyline von sechs Metropolen neu zu gestalten? Eine imposante Kulisse aufzubauen ist allerdings nur die eine Seite. Denn wichtig ist es auch, dick im Geschäft zu sein und die punkteträchtigsten Wolkenkratzer zu erobern.

HANS IM GLÜCK VERLAG, MÜNCHEN